Jan Faktor trifft Wilhelm Ra

WILHELM
RAABE
LITERATUR
PREIS

Jan Faktor trifft Wilhelm Raabe

Der Wilhelm Raabe-Literaturpreis 2022

Herausgegeben von Hubert Winkels

Wallstein Verlag

Gefördert durch:

Deutschlandfunk

Stadt Braunschweig
Dezernat für Kultur
und Wissenschaft

Bibliografische Information der Deutschen Nationalbibliothek

Die Deutsche Nationalbibliothek verzeichnet diese Publikation in der Deutschen Nationalbibliografie; detaillierte bibliografische Daten sind im Internet über http://dnb.d-nb.de abrufbar.

www.wallstein-verlag.de

Umschlagfotos: Jan Faktor © Britta Bürger, Deutschlandradio
Wilhelm Raabe © Stadtarchiv/C. F. Beddies und Sohn,
Braunschweig 1897

Vom Verlag gesetzt aus der Stempel Garamond
Druck und Verarbeitung: Hubert & Co, Göttingen

978-3-8353-5520-0

Inhalt

Hubert Winkels

Einleitung

Es gibt Bücher, die eine oder mehrere Geschichten erzählen, klar umrissen, jeder Satz bedeutungsvoll, auch der beihergesagte, und oft sind es genau diese Bücher, die eine breite und tiefe Exegese auf sich verpflichten. Die semantischen Konstellationen und dramaturgischen Bögen werden im einzelnen symbolisch gefasst, im Ganzen allegorisch, sie sind übertragbar auf das, was die jeweils Lesenden angeht.

Und es gibt eine kryptische, manische und digressive literarische Darstellungsweise, an der Oberfäche chaotisch, abweichend, spontan und stolpernd, die entweder eine Freude am freien Spiel mit den literarischen Elementen freisetzt oder zum Aufspüren geheimer Verbindungen animiert, indem mystische, alchemistische, kabbalistische oder geheimdienstliche Deutungsenergien freigesetzt werden.

Jan Faktors furiose versatile spontaneistische, mit dem Dilettantismus kokettierende verrückte Prosa gehört sicher zu der zweiten Kategorie. Was nicht heißt, dass es sich nicht lohnte, nach einem Kern oder einem Prinzip oder einem Beweggrund zu fragen, nach historischen, gesellschaftlichen oder familiär-autobiographischen Knoten.

In unserem Fall, im Fall dieses hier vorliegenden begleitenden und deutenden Buchs zu Jan Faktors jüngstem, mit dem Wilhelm Raabe-Preis ausgezeichneten Roman *Trottel* und seinen Vorgängern *Schornstein* und *Georgs Sorgen um die Vergangenheit oder Im Reich des heiligen Hodensack-Bimbams von Prag* gibt es eine Reihe von klugen Annäherungen, die allesamt in eine Dissonanz eintauchen, die zunächst alle erzählenden Bücher des Autors betrifft. Diese Annäherung gilt dann zunehmend auch der Faktor'schen Produktionsästhetik als Ganzes: der Komik auf der Wortebene, den Entgrenzungen, Vertiefungen und internen Spiegelungen des Stoffes, um sich am Ende doch zu fokussieren auf das, was man als thematischen oder traumatischen Kern des Erzählens glaubt benennen zu können.

Menschen sind deutende Wesen und können nicht anders; und wenn wir uns besonders rational verstehen, dann wandeln wir uns kurzerhand von deutenden zu erklärenden Wesen. Im vorliegenden Deutungsfall ist der erklärende Anteil besonders dominant, was sicher mit der sowohl unmittelbar subjektiv-biographischen Attitude bei Jan Faktor zusammenhängt, mit dem technizistischen Beginn seines Schreibens in den 70er Jahren und nicht zuletzt mit der Frage nach dem kausal oder psychologisch grundierenden oder fundierenden Komplex, der sich als Antrieb für das Erzählen überhaupt und für genau diese Erzählform im Besonderen anbietet. Er ist so sperrig und trotz aller Textturbulenzen so geschlossen und starr, dass er sich Deutungen gegenüber widerspenstig zeigt.

Jan Faktor selbst hat diesen, sagen wir vorsichtig, vorgeblichen ›Kern‹ auch in seiner hier abgedruckten Dankrede umspielt und ins eher Förmlich-beiläufige verschoben, wie es seine Art ist, eine seiner Arten. Er bedankt sich dort für die große Hilfe seiner Tochter bei einer familiären Katastrophe: »Sie hat vor zehn Jahren ihren sieben Jahre jüngeren Bruder verloren.«

Die Texte dieses Bandes kommen auf diesen Tod zurück, sie nähern sich an und versuchen trotzdem, eine Verengung auf Trauma und Schmerz zu vermeiden.

Helge Malchow, der langjährige Verleger des Verlages Kiepenheuer & Witsch, in dem die erzählenden Werke Jan Faktors erschienen sind, nähert sich der Frage nach dem Schreiben, den Schreibweisen seines Autors über eine mit persönlichem Zugang versehene Erklärung der politischen und mentalitätsgeschichtlichen Situation Anfang der 80er Jahre in Ostberlin, wo er erstmals Kontakt zu Jan Faktor aufnahm. Dort lernte er einen jungen, aus Prag stammenden gelernten EDV-Fachmann und Programmierer kennen, der an einer Anthologie mitwirken sollte, die dissidente Texte aus der Prenzlauer Berg-Szene in einem westdeutschen Verlag versammelt. *Berührung ist nur eine Randerscheinung* heißt der Sammelband schließlich, und es ist eine echte Pointe, dass diese Sammlung ursprünglich eine von Franz Fühmann geplante ostdeutsche, an der Zensur in der DDR aber gescheiterte Publikation ist. Im Westen wurde sie dann ein Meilenstein.

Faktors frühe Texte waren sehr buchstabentechnisch regelmäßige Permutationsspiele mit dem Sprachmaterial, die zunächst gar keine Schlüsse auf das soziale oder politische Leben zuließen außer der indirekt bedeutsamen Tatsache, dass sie solche Schlüsse, also erwartbare Bedeutungen gänzlich verweigerten.

> »Auf der einen Seite fand hier für Beobachter von außen auch politisch eine radikale Abwendung, ein provozierender Ausstieg aus den vorhandenen kulturellen und damit auch politischen Institutionen und Medien statt. … Auf der anderen Seite ging die Dekonstruktion *jeder* sprachlichen Kommunikation aber so weit, dass bei vielen Autoren eine Art Abschied von gesellschaftlichem Aktivismus und Politik schlechthin stattfand, hinter dem Hoffnungslosigkeit, Verzweiflung und Sarkasmus zu spüren waren.«

In einem späteren Selbsterklärungstext aus den 90er Jahren fügt Jan Faktor ein weiteres Motiv ein, indem er erklärt, sich mit diesem Verfahren gegen »Einfälle« im doppelten Sinne abdichten zu wollen: gegen »Einfälle« von subjektiven Ideen, Erfahrungen oder Gefühlen und gegen »Einfälle« von technischen Störungen.

Dass diese Verneinung und später immer mehr Verzerrung des Sinns Faktors spätere großen Romane in ihrer einzigartigen Mischung aus existentieller Aufschreibewut und technischem Spiel mit dem Sprach- und Bedeutungsmaterial bereichert, ja so erst möglich gemacht hat, dies ist der Ausblick am Ende des Aufsatzes von Helge Malchow.

Der Literaturkritiker Jörg Magenau beschäftigt sich

in genauem Anschluss an Malchow mit den beiden ersten ›großen‹ Romanen Jan Faktors, *Schornstein* und *Georgs Sorgen*. Auch hier, obwohl nicht mehr technisch-permutativ reduziert, erkennt Magenau spielerisch-verzerrende Darstellungsverfahren, die allerdings der Bearbeitung eines autobiographischen Blocks dienen.

Der Begriff »autofiktional« war zwar 2006 bei Erscheinen von *Schornstein* noch nicht gebräuchlich, Magenau hält ihn aber für besonders geeignet, Faktors Schreiben zu fassen, denn Faktors Prosa verfahre nicht einfach autobiographisch rekapitulierend.

> »Sie ist in äußerster Konsequenz fiktional, weil die eigenen Lebensmaterialien – Herkunft, Geschichte, Mama, Papa und so weiter – auf eine sprachspielerische Ebene gehoben werden, auf der Faktor sie genüsslich durcharbeiten, durcheinanderwirbeln, zuspitzen und zerhauen kann, um sie auf die komischen Aspekte des Daseins hin zu verdichten. Das, was war, ist ja immer etwas Erdichtetes«.

Magenau geht den vitalen, schmerzlich-direkten Ausdrucksformen nach, dem bunten Erzählen, das Unglück und Schmerzen nicht beschwört, sondern in den Turbulenzen des Ausdrucks aufspaltet und neu zusammensetzt. Er bezieht sich dabei auf die schweren Krankheitsverläufe des Helden, seine Blutwäsche und sein ewiges Ringen mit dem maroden Gesundheitssystem in Prag. Und später dann auf die Erzählungen der jüdischen Großmutter, die ihre Erfahrungen in zwei Konzentrationslagern sarkastisch-humoristisch erzählt. Insgesamt trägt er das Schreiben Jan Faktors in die in Böhmen und der Tschechoslowakei besonders gepflegte Tradition des Schelmenromans ein. Hier greift noch die Idee, im systematisch überdrehten Erzählen ließen sich Spuren des Authentischen bewahren, auch wenn man es an der Schwelle zum Sagbaren angesiedelt sieht.

In der Folge der Beiträge dieses Bandes fügen wir die Mitschrift einer Diskussion ein, die im tschechischen Radio nach der dortigen Veröffentlichung der Übersetzung des Romans *Georgs Sorgen* im Jahr 2016 stattfand. Die Gesprächsteilnehmer sind der Radiomoderator Pavel Janáček, der auch Direktor des Literaturinstituts an der Tschechischen Akademie der Wissenschaften ist, die Literaturkritikern Jitka Nešporová und der Kritiker Vladimír Karfík. Jan Faktor hat das Gespräch selbst ins Deutsche übertragen.

Es folgt ein Aufsatz der Kritikerin Wiebke Porombka, die im chronologischen Anschluss an Jörg Magenau den jüngsten Roman *Trottel* in den Mittelpunkt stellt. Sie blickt nun schon auf ein literarisches Werk zurück, das nun auch explizit vom Tod des Sohnes von Jan Faktor und seiner Frau Annette Simon handelt. Von seinem Suizid. Die Katastrophe schlechthin für die Familie. Das verändert die Erzähloberfläche der Texte nicht völlig, bringt aber die Logik des bisherigen Erzählens zum Einsturz. Auch Wiebke Porombka beginnt mit dem Motiv der Subversion. Durch die »hypertrophe Detailbesessenheit« wird die Verwertbarkeitslogik der Behörden, das Filtern von Texten nach inkriminierenden Informationen, nicht nur umgangen, es wird durch Akkumulation von Spitzfindigkeiten auch die Möglichkeit geschaffen, diese unliebsamen Energien gezielt hochtourig ins Leere laufen zu lassen.

Eine gewitzte Form der Sabotage. Verwirrung durch Unübersichtlichkeit. Das würde noch anschließen an die samisdathafte Strategie anarchistischer Verwirrung der frühen Jahre. Doch der Tod des Sohnes ändert alles. Er bildet den

> »Glut- und Schmerzkern des Romans, dem Faktor wiederum auch nur durch eine spezielle Form der Sprachdrift begegnen kann: das Verschieben des Existentiellen ins Sprachrepertoire des Albernen.«

So setzt Wiebke Porombka auch ganz andere Akzente als Jörg Magenau: Sie sieht den Text in einer Auflösung begriffen, er gerät in eine Drift, eine Kaskade von Ab- und Ausweichbewegung. Damit ist er nicht mehr souverän genug, um der unerträglichen Realität ein Schnippchen zu schlagen, wie es in einer starken Gattungstradition der Schelm tut, er wird nun digressiv, gerät aus jeder Bahn. Deshalb setzt sie ihn nicht in Bezug zu Jaroslav Hašek (*Die Abenteuer des braven Soldaten Schwejk*), sondern zum tschechischen Erzähler Bohumil Hrabal (*Ich habe den englischen König getötet*). Jan Faktor drückt es so aus:

> »Inzwischen herrscht um mich herum relativ viel Chaos, und meine Geschichte lässt sich sowieso –

> wenn überhaupt – nur auf eine abanale Weise achronal erzählen. Anders ausgedrückt: Mehr zappelig als in Grenzen wohl.«

Zudem und zu Recht betont Porombka, dass die Familie Faktors nicht allein durch den Tod des Sohnes, sondern durch die hinter allem liegende Gewaltgeschichte des 20. Jahrhunderts erschüttert ist. Genau wie der Kritiker Paul Jandl in seiner Laudatio auf Jan Faktor, weist sie auch auf den sowohl sachlich-technisch realen wie auch literarisch-darstellerischen Zusammenhang der Selbsttötung des Sohnes mit dem Selbstmordversuch seiner Urgroßmutter im Konzentrationslager Theresienstadt hin. Bei Jandl heißt es mit der gebotenen Zurückhaltung:

> »Trottel sein heißt vielleicht, mit dem Spalt zwischen Wirklichkeit und Erfahrung leben zu können. Das Nicht-Verstehen ins eigene Dasein zu integrieren, ohne dabei unglücklich zu werden. Es gehört zu Jan Faktors großer Kunst, für diesen Zustand ein ästhetisches Modell gefunden zu haben. Der Autor hat in seiner Literatur einen Weg gefunden, die Verluste erkennbar zu machen. Er schreibt um diese Verluste herum. Er erfindet und simuliert. Er lässt die Wirklichkeit dort in einem anekdotischen Erzählen zersplittern, wo sie als ganze nicht zu ertragen wäre. So war es möglicherweise schon im Haushalt der Familie Faktor, an dessen Küchentisch über den Holocaust und die Erfahrungen in den Konzentrationslagern wortreich geschwiegen wurde.«

Am Schluss dieses Bandes gehört das Wort Jan Faktor selbst, der in seiner Dankrede in gewohnter Direktheit bemerkt:

> »Natürlich ist mein *Trottel* so etwas wie ein heiteres Buch, in mir sieht es aber anders aus. Sonst wäre mein Buch sicher größtenteils nur albern.«

Helge Malchow

Im Zentrum der Randerscheinungen

Mein erstes Treffen mit Jan Faktor liegt 40 Jahre zurück, 1983. Jan ist Schriftsteller, deswegen erinnert er sich besser als ich:

> »Du kamst als junger Lektor aus Westdeutschland mit einem Tagesvisum via Grenzübergang Bahnhof Friedrichstraße nach Ostberlin und trafst Dich mit uns, einigen Autoren und Autorinnen der Anthologie ›Berührung ist nur eine Randerscheinung‹, nahe des Bahnhofs. Ich dachte damals: Im Westen sind die Lektoren jung wie wir und haben Turnschuhe an.«

In der Tat war ich als KiWi-Lektor damals häufig in der DDR zu Besuch, offiziell bei den sogenannten Staatsverlagen, aber auch mehrfach in illegaler Mission, in Ostberlin, in Leipzig (DDR-Buchmesse) und in Dresden. Mein Bewegungsprofil konnte ich später anhand der Spitzelberichte über mich in der Behörde für die Stasi-Unterlagen genau nachverfolgen.

Es gab Anfang der 80er plötzlich diese neue Szene von Autoren/Künstlern, vor allem im Berliner Prenzlauer Berg, aber auch in Dresden, die nicht mehr in der Tradition eines erzählerischen Realismus von Christa Wolf bis Christoph Hein oder der politischen Lyrik Wolf Biermanns stand, sondern sich im Feld experimenteller Lyrik und Prosa bewegte, mit vielen Verbindungen zur Musik (Punk/Jazz) und zur bildenden Kunst (Grafikmappen, Fotocollagen, Porzellan-Brennerei, Malerei etc.). Man traf sich klandestin, in Kneipen, in runtergerockten Altbauwohnungen, in Kirchenräumen oder in versteckten Ateliers zu Lesungen, Ausstellungen und Konzerten. Das Ziel war nicht mehr ein verbesserter Sozialismus oder Kritik an den Lebensbedingungen in der DDR (etwa Monika Maron, *Flugasche*) mit erzählerischen Mitteln, sondern die Thematisierung der Sprache selbst als Material und die Dekonstruktion sprachlicher Konventionen.[1]

Die erwähnte Anthologie *Berührung ist nur eine Randerscheinung* war wie viele literarische Projekte der DDR entstanden: als der unmögliche Traum einer vom Staat anerkannten oder geduldeten Avantgarde. Der Schriftsteller Franz Fühmann, lange auch von staatlicher Seite gepriesener DDR-Autor der älteren Generation, hatte Texte von jungen Autorinnen und Autoren im Auftrag der Akademie der Künste der DDR zusammengetragen, die nach einer internen Prüfung in der Akademie zu seiner Empörung sofort im Giftschrank verschwunden waren und für viele der Autoren das sofortige Aus bedeuteten: Verfolgung, Bespitzelung, Ausreise aus der DDR.

Dieses »heiße« Material, eine Mappe hektografierter

Texte, wurde dann von Elke Erb und Sascha Anderson durch weitere Autorinnen und Autoren ergänzt, mit programmatischen Einleitungen versehen und in einer raffniert-subversiven Aktion zugleich dem Aufbau-Verlag der DDR und mir als Vertreter des westdeutschen Kiepenheuer & Witsch-Verlages angeboten. (Dieses Projekt lief fast parallel zu einem anderen DDR-Buchprojekt mit kritischen Reportagen und Porträts über die Realität der Arbeitswelt in der DDR in einer Havelobst-LPG von der DDR-Autorin Gabriele Eckart, das 1984 auch bei Kiepenheuer & Witsch unter dem Titel *So sehe ick die Sache* erschien). Beide Bücher wurden von den DDR-Verlagen auf staatlichen Druck hin nicht nur verboten und abgesagt: In einer slapstickartigen Rückholaktion reiste ein DDR-Verlagsmitarbeiter in Köln an, um die auf abenteuerlichem Wege über die Grenze geschmuggelten Manuskripte wieder einzusammeln. Das Ganze verbunden mit der Drohung, ansonsten jegliche Lizenzgeschäfte zwischen DDR-Verlagen und Kiepenheuer & Witsch einzustellen. Ergänzt durch ein weiteres Druckmittel, dem verzweifelten Hinweis des Emissärs auf sein eigenes Schicksal in der DDR, sollte er mit leeren Händen zurückkommen. Unser Mitleid hielt sich in Grenzen.

Als die Anthologie 1985 bei KiWi erschien, hatten neun von 29 Autorinnen und Autoren die DDR verlassen. Zu den 29 Texten kam noch ein Bildteil hinzu mit Reproduktionen von Text-Bild-Zeitschriften v.a. aus Dresden, die in Kleinstauflagen im DDR-Untergrund zirkulierten (»Und«, »POE SIE AL BUM« etc.).

Berührung ist nur eine Randerscheinung

Neue Literatur aus der DDR

Herausgegeben von Sascha Anderson und Elke Erb

Kiepenheuer & Witsch

Die politische Dimension dieser Art von Literatur, wie sie in der Anthologie erkennbar wurde – von Autoren wie Elke Erb und Sascha Anderson, Bernd Papenfuß-Gorek, Stefan Döring, Uwe Kolbe oder Uwe Hübner –, war ambivalent. Auf der einen Seite fand hier für Beobachter von außen auch politisch eine radikale Abwendung, ein provozierender Ausstieg aus den vorhandenen kulturellen und damit auch politischen Institutionen und Medien statt. Ich war selbst oft Zeuge des permanenten Katz- und Maus-Spiels mit der Stasi bei geplanten Lesungen, bei kreativen Ausweichmanövern, organisiert durch kodierte Mitteilungen. Der Eindruck von *politischer* Opposition war bei den staatlichen Stellen allerdings kurioserweise oft heftiger als bei den Protagonisten selbst. (Hinzu kam als Pointe, dass entscheidende Protagonisten der Szene wie Sascha Anderson selbst Stasi-Spitzel waren … möglicherweise der Grund für meine zweitägige Festnahme plus Verhör und Leibesvisitation bei einer Rückreise von der Leipziger Messe). Ein treffendes Bild der komischen Seiten dieser Künstler- und Lebenskünstlerwelt zeigt Leander Haußmanns jüngster Kinofilm »Stasi-Komödie«.

Auf der anderen Seite ging die Dekonstruktion *jeder* sprachlichen Kommunikation aber so weit, dass bei vielen Autoren eine Art Abschied von gesellschaftlichem Aktivismus und Politik schlechthin stattfand, hinter dem Hoffnungslosigkeit, Verzweiflung und Sarkasmus zu spüren waren. Der Weg aus den versteinerten Verhältnissen der späten DDR führte in dieser Szene nicht mehr zu politischen Reformen oder Aufständen (obwohl diese ja kurz bevorstanden), sondern in das Reich der Kunst, in die Vielfalt der künstlerischen Ausdrucksmittel. Die realen Orte dieser Utopie waren Künstler-Communities, inoffizielle Wohn- und Lebensgemeinschaften, fließende Gruppierungen ohne gesellschaftliche Aufstiegschancen bzw. -absichten. Die »Berufsbezeichnungen« der beteiligten Künstler verrieten dies überdeutlich: Friedhofsgärtner, Transportarbeiter, Packer, Turnhallenwart, Kleindarsteller. Eine Drop-out-Welt. In ihrem Vorwort zu der Anthologie weist Elke Erb ausdrücklich darauf hin, dass es hier nicht um Provokationen ging. Diese Literatur »lässt sich nicht mehr infantilisieren von ihren utopischen Gehalten und widersteht ihren Kompromissen … so ist sie auch nicht verführt zu einer folgenlosen Kritik und überhaupt über konfrontative Positionen hinaus«, die bisher »den Zugang zu ihrem Eigenleben erschwert« haben.

Die herausgehobene Stellung Jan Faktors in dieser Anthologie zeigt sich darin, dass er nicht nur mit einem lyrischen Text vertreten ist (»Geschichte eines alten Mannes aus Prag«), sondern die gesamte Anthologie mit einer Art Vorabtext von ihm eingeleitet wird, der sich wie ein programmatischer Auftakt für den Spirit vieler Beiträge der Anthologie liest.[2] Anbei die Eröffnungsseiten 3, 5–7.

Der erste Leseeindruck: Hier ist ein Automat am Werk. Heute würde man von einem algorithmen-getriebenen Schreibprogramm sprechen, von einer mathematisch-systematischen Wörterproduktion, deren Logik rein formaler Art ist und einfach Elemente der deutschen

Berührung ist nur eine Randerscheinung

das Gewalttätige immer gewalttätiger
das Geschäftige immer geschäftiger
das Dickhäutige immer dickhäutiger
das Lächerliche immer lächerlicher
das Teppiche immer Teppicher
das Froschfische immer Froschfischer
das Amoralische immer amoralischer
das Gasgemische immer Gasgemischer
das Seziertische immer Seziertischer
das Seidenplüsche immer Seidenplüsch
das Joviale immer jovialer
das Generale immer Generaler
das Gieble immer Giebler
das Nebele immer Nebeler
das Reduzible immer reduzibler
das Abfallküble immer Abfallkübler
das Blindspiele immer Blindspieler
das Gewühle immer Gewühler
das Servile immer serviler
das Exile immer Exiler
das Pasquille immer Pasquiller
das Zweifele immer Zweifeler
das Bakterielle immer bakterieller
das Salmonelle immer Salmoneller
das Einzelzelle immer Einzelzeller
das Kardiogramme immer Kardiogrammer
das Holzarme immer holzarmer
das Uniforme immer Uniformer
das Seltene immer seltener
das Grüne immer schwärzer
das Sekundäre immer sekundärer
das Reaktionäre immer reaktionärer
das Infektiöse immer infektiöser
das Gekröse immer Gekröser
das Kolchose immer Kolchoser
das Lotterielose immer Lotterieloser
das Ziellose immer zielloser
das Wirkunslose immer wirkungsloser
das Beneidete immer beneideter
das Geknechtete immer geknechteter
das Entrechtete immer entrechteter
das Krampfhafte immer kranpfhafter
das Dunkelhafte immer Dunkelhafter
das Mißwirtschafte immer Mißwirtschafter
das Überkrafte immer Überkrafter
das Aufgeregte immer aufgeregter
das Verdrängte immer verdrängter
das Eingeengte immer eingeengter
das Überwachte immer überwachter
das Verseuchte immer verseuchter
das Beschränkte immer beschränkter
das Irrelevante immer irrelevanter
das Medikamente immer Medikamenter
das Latente immer latenter
das Verpönte immer verpönter
das Wohnungselende immer Wohnungselender
das Zerstörende immer zerstörender
das Meiste immer meister
das Erfaßte immer erfaßter
das Ungeheue immer ungeheuer
das Neue immer neuer
das Arbeitsscheue immer arbeitsscheuer
das Abscheue immer Abscheuer
das Akkusative immer Akkusativer
das Radioaktive immer radioaktiver
das Halbstarke immer halbstarker
das Ebensogute immer ebensoguter
das Ofte immer ofter
das Balde immer balder
das Gerne immer gerner
das Viele immer vieler
das Wenige immer weniger
das Aufschreiben meiner Sorgen
hilft mir ein bißchen

beruhigt mich

das Antriebe wird immer Antrieber
das Unterschiede immer Unterschieder
das Mitgliede immer Mitglieder
das Zustande immer Zustander
das Abgrunde immer Abgrunder

das Gehabe immer Gehaber
das Ebbe immer Ebber
das Geschiebe immer Geschieber
das Aufschiebe immer Aufschieber
das Gebude immer Gebuder
das Made immer Mader
das Gemade immer Gemader
das Estrade immer Estrader
das Gerede immer Gerede[r]
das Gemälde immer Gemälder
das Gefremde immer Gefremder
das Gebande immer Gebander
das Geende immer Geender
das Geblonde immer Geblonder
das Gewunde immer Gewunder
das Geöde immer Geöder
das Methode immer Methoder
das Geblöde immer Geblöder
das Gesaublöde immer Gesaublöder
das Mode immer Moder
das Behörde immer Behörder
das Gemorde immer Gemorder
das Gebäude immer Gebäuder
das Zugrunde immer zugrunder
das Gegaffe immer Gegaffer
das Brüllaffe immer Brüllaffer
das Gewaffe immer Gewaffer
das Gepfeife immer Gepfeifer
das Unreife immer unreifer
das Nachhilfe immer Nachhilfer
das Gesaufe immer Gesaufer
das Gewaage immer Gewaager
das Gejage immer Gejager
das Anklage immer Anklager
das Geschweige immer Geschweiger
das Gemächtige immer Gemächtiger
das Gerichtige immer Gerichtiger
das Gegeizige immer Gegeiziger
das Gefolge immer Gefolger
das Gefänge immer Gefänger
das Gehänge immer Gehänger
das Gelänge immer Gelänger
das Geschlange immer Geschlanger
das Gedränge immer Gedränger
das Gezwange immer Gezwanger
das Gezwinge immer Gezwinger
das Gemenge immer Gemenger
das Unmenge immer Unmenger
das Gekrache immer Gekracher
das Gesprache immer Gespracher
das Gesache immer Gesacher
das Ursache immer Ursacher
das Leibwache immer Leibwacher
das Geleiche immer Geleicher
das Gegleiche immer Gegleicher
das Gekirche immer Gekircher
das Gamasche immer Gamascher
das Geklatsche immer Geklatscher
das Gepsyche immer Gepsycher
das Geschrecke immer Geschrecker
das Gezwecke immer Gezwecker
das Gebücke immer Gebücker
das Perücke immer Perücker
das Gedanke immer Gedanker
das Gemerke immer Gemerker
das Gefälle immer Gefäller
das Gequalle immer Gequaller
das Tabelle immer Tabeller
das Ölquelle immer Ölqueller
das Kokille immer Kokiller
das Vanille immer Vaniller
das Gepille immer Gepiller
das Gebrille immer Gebriller
das Gegrille immer Gegriller
das Gewille immer Gewiller
das Bazille immer Baziller

das Gebulle immer Gebuller
das Gefäule immer Gefäuler
das Geschule immer Geschuler
das Geheime immer geheimer
das Gereime immer Gereimer
das Amme immer Ammer
das Klemme immer Klemmer
das Gekrumme immer Gekrummer
das Summe immer Summer
das Gnome immer Gnomer
das Gedärme immer Gedärmer
das Migräne immer Migräner
das Erdbebene immer Erdbebener
das Verschiedene immer verschiedener
das Besessene immer besessener
das Fahne immer Fahner
das Gesahne immer Gesahner
das Allgemeine immer allgemeiner
das Geweine immer Geweiner
das Maschine immer Maschiner
das Heroine immer Heroiner
das Renne immer Renner
das Schablone immer Schabloner
das Zone immer Zoner
das Ferne immer ferner
das Kaserne immer Kaserner
das Pappe immer Papper
das Atrappe immer Atrapper
das Kippe immer Kipper
das Gerippe immer Geripper
das Gekrippe immer Gekripper
das Saloppe immer salopper
das Schnuppe immer schnupper
das Gegruppe immer Gegrupper
das Geringere immer geringerer
das Gejammere immer Gejammerer
das Miserere immer Misererer
das Bessere immer besserer
das Fähre immer Fährer
das Gefahre immer Gefahrer
das Sechzigerjahre immer Sechzigerjahrer
das Memoire immer Memoirer
das Knarre immer Knarrer
das Phrase immer Phraser
das Gelese immer Geleser
das Gewese immer Geweser
das Preise immer Preiser
das Arbeitsweise immer Arbeitsweiser
das Psychose immer Psychoser
das Gehose immer Gehoser
das Kordhose immer Kordhoser
das Prognose immer Prognoser
das Gemusse immer Gemusser
das Gewisse immer gewisser
das Genieße immer Genießer
das Genosse immer Genosser
das Grundsoße immer Grundsoßer
das Gemüse immer Gemüser
das Angeklagte immer angeklagter
das Geschichte immer Geschichter
das Gepleite immer Gepleiter
das Gefreite immer Gefreiter
das Elite immer Eliter
das Erwählte immer erwählter
das Revolte immer Revolter
das Beamte immer Beamter
das Invariante immer Invarianter
das Alimente immer Alimenter
das Internierte immer internierter
das Experte immer Experter
das Plaste immer Plaster
das Büste immer Büster
das Gehuste immer Gehuster
das Gelüste immer Gelüster
das Wüste immer wüster
das Zyste immer Zyster
das Ratte immer Ratter
das Krawatte immer Krawatter
das Untreue immer untreuer
das Sklave immer Sklaver
das Larve immer Larver
das Konserve immer Konserver

Elke Erb / Sascha Anderson

Berührung ist nur eine Randerscheinung

Neue Literatur aus der DDR

Kiepenheuer & Witsch

das Sinnlose immer sinnloser
das Ratlose immer ratloser
das Böse immer böser

das Senile immer seniler
das Eifr
das Üpp
das Kalt
das Agg
das Befr
das Sch
das Gra
das Selt

das Filz
das Ster
das Lieb
das Bed
das Mas
das Allt
das Arro
das Pass
das Ego
das Neu
das Erre
das Diss
das Blin
das Sens
das Eich
das Plan
das Fern
das Gro
das Glo
das Gehaßte immer gehaßter
und und
das Autoritäre wird immer autoritärer
das Akzentfreie immer akzentfreier
das Naive immer naiver
das Bleiche immer bleicher
das Feindselige immer feindseliger
das Muffelige immer muffeliger
das Notwendige immer notwendiger
das Applikable immer applikabler
das Vokable immer Vokabler
das Achtstündige immer achtstündiger
das Bebaubare immer bebaubarer
das Inhaltslose immer inhaltsloser
das Lustlose immer lustloser
das Rücksichtslose immer rücksichtsloser
das Totale immer totaler
das Banale immer banaler
das Dogmatische immer dogmatischer
das Profitable immer profitabler
das Saure immer saurer
das Heuchlerische immer heuchlerischer
das Depressive immer depressiver
das Einflußreiche immer einflußreicher
das Mostriche immer Mostricher
das Abstrakte immer abstrakter
das Entfremdete immer entfremdeter
das Private immer privater
das Destruktive immer destruktiver
das Kohäsive immer hokäsiver
das Exklusive immer exklusiver
das Relative immer relativer
das Subversive immer subversiver

das Freche immer frecher
das Haarige immer haariger
das Hilflose immer hilfloser
das Vorbildliche immer vorbildlicher
das Überhebliche immer überheblicher
das Aussichtslose immer aussichtsloser
das Berufstätige immer berufstätiger
das Ekelhafte immer ekelhafter

wohin soll das alles führen

das Graue wird wirklich immer grauer
das Faltige wird immer faltiger
das Monströse wird immer monströser
das Eitrige wird immer eitriger

das Hungrige wird immer hungriger
das Schutzlose wird immer schutzloser

und das Schweinische immer schweinischer
und das Realistische immer realistischer

das Arme immer ärmer
das Schwache immer schwächer
das Unsichere immer unsicherer
das Materielle immer materieller
das Eintönige immer eintöniger
das Endlose immer endloser
das Unendliche immer unendlicher
das Berauschte immer berauschter
das Provinzielle immer provinzieller
das Geizige immer geiziger
das Herzlose immer herzloser
das Nichtige immer nichtiger
das Sentimentale immer sentimentaler
das Gartennachbare immer Gartennachbarer
das Sansibare immer Sansibarer
das Brautpaare immer Brautpaarer
das Vertauschbare immer vertauschbarer
das Begehrte immer begehrter
das Unbekannte immer unbekannter
das Absurde immer absurder
das Rare immer rarer
das Harte immer härter
das Dringende immer dringender
das Leidende immer leidender
das Lenkbare immer lenkbarer
das Loyale immer loyaler
das Mittelmäßige immer mittelmäßiger
das Eisige immer eisiger
das Bösartige immer bösartiger
das Hörige immer höriger
das Gemütsarme immer gemütsärmer
das Suspekte immer suspekter
das Abgenutzte immer abgenutzter
das Konstante immer konstanter
das Dominante immer dominanter
das Diskrepante immer diskrepanter
das Unrentable immer unrentabler
das Zeitweilige immer zeitweiliger
das Fünfzackige immer fünfzackiger
das Verkannte immer verkannter
das Inhaltsleere immer inhaltsleerer
das Expansive immer expansiver
das Weiche immer weicher
das Suggestive immer suggestiver
das Zugehörige immer zugehöriger
das Krankhafte immer krankhafter
das Fettige immer fettiger
das Lästige immer lästiger
das Lügnerische immer lügnerischer

das Betristete immer betristeter

was soll man zu alledem noch sagen

das Steife wird sowieso immer steifer
aler
nlicher
ger

tinierter

rierter

ndiger

nsabler
cher
oniger

cher

er

neinander
r

das immer immer immer

aber das Wasser bleibt immer Wasser
die Oper immer Oper
die Trauer immer Trauer
der Heizer immer Heizer
der Körper immer Körper
der Oktober immer Oktober
der Härter bleibt immer härter
der Schlächter immer Schlächter

und die Propaganda immer Propagander
das Sofa immer Sofer
die Paranoia immer Paranoier
das Dogma immer Dogmer
der Opa immer Oper

und aber

das Beschmutzte wird immer beschmutzter
das Wunde immer wunder
das Entweder-oder immer mehr weder-noch
und das Gehemmte wird immer gehemmter
das Artige immer artiger
das Zweideutige immer zweideutiger
das Seriöse immer seriöser
das Geistlose immer geistloser
das Abhängige immer abhängiger
das Böswillige immer böswilliger
das Nachahmbare immer nachahmbarer
das Geregelte immer geregelter
das Verstreute immer verstreuter
das Bedrohte immer bedrohter
das Sogenannte immer sogenannter
das Bewohnte immer bewohnter
das Abgestumpfte immer abgestumpfter
das Belastete immer belasteter
das Tiefsinnige immer tiefsinniger
das Denkbare immer denkbarer
das Resignierte immer resignierter
das Baldige immer baldiger
das Liebere immer lieberer
das Finstere immer finsterer
das Einseitige immer einseitiger
das Einfallslose immer einfallsloser
das Wenige immer weniger
das Vorige immer voriger

und alles muß gesagt werden

die Sprache wird immer Spracher
die Ware immer Warer
die Masse immer Masser
die Bitte immer bitter
die Nixe immer Nixer
die Ebbe immer Ebber
das Gebilde immer Gebilder
die Taube immer tauber
die Ehe immer eher
das Beste immer bester
die Streitkräfte immer Streitkräfter
die Krippe immer Kripper
der Genosse immer Genosser
die Vergabe immer Vergaber
die Angabe immer Angaber
die Aufgabe immer Aufgaber
die Ratte immer Ratter
die Hölle immer Höller
der Angestellte immer Angestellter
die Psyche immer Psycher
das Getriebe immer Getrieber
die Salzlecke immer Salzlecker
die Wüste immer wüster
die Matte immer matter
derselbe immer derselbe
derselbige immer derselbige
die Sache immer Sacher
die Waffe immer Waffer
das Imstande immer imstander
die Weiche immer weicher
das Gequatsche immer Gequatscher
das Gelände immer Geländer
die Lage immer Lager
die Wehe immer Weher

und außerdem werden

die Gewächse immer Gewächser
die Offiziere immer Offizierer
die Kollektive immer Kollektiver
die Blöcke immer Blöcker
die Weine immer Weiner
die Bande immer Bander
die Worte immer Worter
die Flüsse immer Flüsser
die Leute immer Leuter
die Gewinne immer Gewinner
die Stoffe immer Stoffer
die Versuche immer Versucher
die Fälle immer Fäller
die Mächte immer Mächter
die Nöte immer Nöter
die Künste immer Künster
die Laute immer lauter

und die Müden immer müder
die Blassen immer blasser
die Blasierten immer blasierter

und man darf nicht auf halbem Weg
stehenbleiben
das Gespannte wird nämlich inzwischen
immer gespannter
das Komplizierte immer komplizierter
das Deformierte immer deformierter
das Bestellbare immer bestellbarer
das Zuständige immer zuständiger
das Fachliche immer fachlicher
das Irreversible immer irreversibler
das Geldsüchtige immer geldsüchtiger
das Redundante im
das Endgültige imr
das Auswechselbar
das Aufdringliche i
das Übliche immer
das Emsige immer
das Bedachte imme
das Verstimmte im
das Vermummte in
das Afte immer Af
das Pfeffe immer I
das Koffe immer K

das Sektiererische immer sektiererischer
das Dekadente immer dekadenter
das Doppelzüngige immer doppelzüngiger
das Arbeitsfähige immer arbeitsfähiger
das Weinessige immer Weinessiger
das Dickflüssige immer dickflüssiger
das Gehässige immer gehässiger
mein Name ist Georg und ich habe
Angst vor der Zukunft
wir alle sehen's doch

das Untreue wird immer untreuer
das Omnipotente immer omnipotenter
das Chemische immer chemischer
das Theoretische immer theoretischer
das Nutzlose immer nutzloser
das Käufliche immer käuflicher
das Dezible immer dezibler
das Bezahlbare immer bezahlbarer
das Hastige immer hastiger
das Verseuchte immer verseuchter
das Goethische immer Goethischer
das Notwendige immer notwendiger
das Eiserne immer eiserner

und

das Schöne immer schöner und schöner
das Glückliche immer glücklicher und glücklicher
das Niedliche immer niedlicher und niedlicher
das Satte immer satter und satter
das Schlaue immer schlauer und schlauer
das Genaue immer genauer und genauer
das Reife immer reifer und reifer
das Fähige immer fähiger und fähiger
das Tüchtige immer tüchtiger und tüchtiger
das Bewohnbare immer bewohnbarer
und bewohnbarer

und

das Monotone wird immer monotoner
das Ausgereiste immer ausgereister
das Begrenzte immer begrenzter
das Fanatische immer fanatischer
das Nervöse immer nervöser
das Globale immer globaler
das Inhabe immer Inhaber
das Makabere immer makaberer
das Koffe immer Koffer
das Siche immer sicher
das Kille immer Killer
das Edame immer Edamer
das Orcheste immer Orchester
das Juckpulve immer Juckpulver
das Ausgewählte immer ausgewählter
das Irrationale immer irrationaler
das Demagogische immer demagogischer
das Taktische immer taktischer
das Verwundbare immer verwundbarer
das Hektische immer hektischer
das Reiche immer reicher
das Zynische immer zynischer
das Nackte immer nackter

und das sind lange noch nicht alle meine
Sorgen um die Zukunft

das Amoralische wird immer amoralischer
das Robuste unaufhaltsam immer robuster

das Kampagne immer Kampagner
das Beamte immer Beamter
das Plaste immer Plaster
das Direktive immer Direktiver
das Packunge immer Packunger
das Lähmunge immer Lähmunger
das Beklemmunge immer Beklemmunger
das Ordnunge immer Ordnunger
das Leistunge immer Leistunger
das Erfolge immer Erfolger
das Umfange immer Umfanger
das Zeitlange immer Zeitlanger
das Andrange immer Andranger
das Zwange immer Zwanger
das Puddinge immer Puddinger
das Undinge immer Undinger
das Shokinge immer Skokinger
das Schädlinge immer Schädlinger
das Geringe immer geringer
das Kundgebunge immer Kundgebunger

und ich bin nicht allein
alle haben Angst vor der Zukunft
alle wissen daß

das Triebe immer Trieber wird
das Siebe immer Sieber
das Verbe immer Verber
das Elke immer Erber
das Gelde immer Gelder
das Verbande immer Verbander
das Bedarfe immer Bedarfer
das Alltage immer Alltager
das Bierbauche immer Bierbaucher
das Geschmacke immer Geschmacker
das Eitersacke immer Eitersacker
das Alarme immer Alarmer
das Kaume immer kaumer

und Sorgen macht mir außerdem das

Verfügbare
Bestechbare
Austauschbare
Unannehmbare
Ehepaare
und das Raschlebige
und das Andersgläubige

und das Fleckige das immer fleckiger wird
und das Poplige das immer popliger wird
und das Trübselige das immer trübseliger wird

und das Heiklige wird immer heikliger
das Baufällige immer baufälliger
das Gnadenpfennige immer Gnadenpfenniger
das Gewalttätige immer gewalttätiger
das Geschäftige immer geschäftiger
das Dickhäutige immer dickhäutiger
das Lächerliche immer lächerlicher
das Teppiche immer Teppicher
das Froschfische immer Froschfischer
das Amoralische immer amoralischer
das Gasgemische immer Gasgemischer
das Seziertische immer Seziertischer
das Seidenplüsche immer Seidenplüscher
das Joviale immer jovialer
das Generale immer Generaler
das Gieble immer Giebler
das Nebele immer Nebeler
immer reduzibler
e immer Abfallkübler
immer Blindspieler
nmer Gewühler
ner serviler
r Exiler
nmer Pasquiller
nmer Zweifeler
immer bakterieller
immer Salmoneller
immer Einzelzeller
nme immer Kardiogrammer

Umschlag: Hannes Jähn, Köln, Die Radierung auf dem
Schutzumschlag stammt aus der Mappe „Kneipen und
Kneipentexte" (1977) von C. O. Penck
Gesamtherstellung: Bercker, Kevelaer
ISBN 3 462 01692 X

Sprache nach grammatischen Kriterien sortiert und grafisch präsentiert. Erkennbar sind Ähnlichkeiten zur langen (vor allem westlichen) Tradition der sogenannten konkreten Poesie, in der Wörter nicht mehr als Bedeutungsträger fungieren, sondern als Elemente, die zu grafisch-ästhetischen Gebilden zusammengesetzt werden. Der häufig spielerische, sogar komische Eindruck dieser Gebilde in der konkreten Poesie jedoch kommt bei Jan Faktors Text erst einmal kaum auf. Hier steht das demonstrativ Serielle, Monotone der Wort-Reihungen so im Vordergrund, dass Ermüdungserscheinungen beim Leser quasi eingepreist sind. Die Systematik erzeugt zudem den Eindruck einer wissenschaftlichen Objektivität, die keinen Raum für subjektive Originalität erlaubt.

Wenn man weiß, dass Jan Faktor ab 1973 in der damaligen Tschechoslowakei, seinem Heimatland, als Systemadministrator und Programmierer arbeitete, ergibt sich vordergründig das schlüssige Bild einer Anti-Literatur, einer KI-Literatur in statu nascendi. Hinzu kommt noch der Eindruck eines systematischen Blicks von außen auf die deutsche Sprache, die für den frischen DDR-Immigranten von damals noch eine Fremdsprache war, der man sich als Neuling ja oft wie ein Ethnologe nähert, der auf eine fremde Welt schaut. Die Sprache erscheint dann erst einmal als eine Summe von Zeichen, Grammatik, Klang, Rhythmus, Melodie, noch nicht als selbstverständliches Kommunikationsmittel.

Wie wichtig Jan Faktor die Kontrolle über die formalen Prozeduren seiner damaligen Texterzeugung bis heute ist, zeigen spätere Erklärungstexte aus den

90er Jahren, in denen er auf seine frühe Produktion zurückblickt. Hier beschreibt er minutiös sein Verfahren, mit dem er sich gegen »Einfälle« im doppelten Sinne abdichtet: gegen »Einfälle« von subjektiven Ideen, Erfahrungen oder Gefühlen und gegen »Einfälle« von technischen Störungen. Hier die erste Seite eines Textes von 1998, der sogar länger ist, als der ursprüngliche Text selbst (sieben Seiten).

Auf den folgenden Seiten geht es um weitere Beschreibungen der sogenannten Komparations-(Vergleichs-)techniken, der Arbeit mit Endungen von Adjektiven, dem Umgang mit Wörterbüchern als Quellenmaterial, mit Verben und Substantiven, alphabetischen Reihenfolgen etc. Der Eindruck einer gewissen Kontrollbesessenheit drängt sich auf, die verhindern soll, dass sich autobiografische, psychologische oder politische Lesarten durchsetzen, dass persönliche Erfahrungen erkennbar werden, erzählerischer Sinn entsteht.

Die Pointe aber ist: Bei genauerem Lesen findet man im Ursprungstext wie im späteren Meta-Text »Anmerkungen zu ›Georgs Sorgen um die Zukunft‹« doch schrittweise immer deutlicher werdende Spuren zu Jan Faktors heutigem literarischen Schreiben, zu der ganz anderen, originellen Prosa seiner drei großen Romane.

Es beginnt mit der Überschrift: »Georgs Sorgen um die Zukunft«. Ein namentlich genannter, fiktionaler Sprecher taucht auf, »Georg«. Nicht zum ersten Mal und nicht zum letzten Mal.[3] Hinzu kommt ein erstes Spurenelement von Psychologie: Dieser Georg *hat Sorgen* (um die Zukunft). Um eine inhaltliche Lektüre

Kurzfassung, 17.März '94, 11.12.'98

Anmerkungen zu „Georgs Sorgen um die Zukunft"

An „Georgs Sorgen um die Zukunft" begann ich irgendwann im Herbst '82 zu arbeiten. Ich beschäftigte mich zu der Zeit etwas mit der deutschen Grammatik, und bei den Adjektiven gefiel mir ganz besonders die Häßlichkeit des Komparierens. Unter anderem offensichtlich deswegen, weil ich das Jammern, wie schrecklich alles ist und immer schlimmer und schlimmer wird, schlecht ertragen kann.

Als ich eine Reihe von Komparationen in einem Grammatikbuch sah, „hörte" ich den Text sofort. Ich schrieb mir ungefähr vierzig Zeilen auf – nach dem Muster z.B.: ***das Schwache wird immer schwächer***. Ich benutzte dazu Adjektive, die ich mir mehr oder weniger zufällig aus Jungs Grammatik herausgesucht hatte. Das war aber weniger als wenig, das war keine Halbheit, das war Unsinn. Adjektive machen im Deutschen ungefähr ein Sechstel des Wortschatzes aus.

Ich schrieb mir dann alle Ableitungssuffixe der Adjektive (*bar, -haft, -lich usw.*) heraus und fing an, systematisch Maters „Rückläufiges Wörterbuch" zu lesen und mir alle brauchbaren Wörter herauszuschreiben. Selbstverständlich ohne Rücksicht darauf, ob man sie – rein logisch gesehen – komparieren kann oder nicht. Beim Suchen beschränkte ich mich nicht nur auf die Adjektive, deren Steigerung irgendwelche Befürchtungen ausdrücken könnten. Im Text gibt es also viele „Sorgen", die als Sorgen unsinnig sind. Aber das war genau richtig. Eine solche Menge von Sorgen kann mit dieser Ernsthaftigkeit nur einer zusammenschreiben, der es zwar extrem ehrlich meint, dabei aber nicht ganz rund läuft. Und irgendwie so einer ist Georg.

Das Suchen nach den Ableitungssuffixen hatte einen Haken: einfache Adjektive (*rot, süß, tief* usw.) kann man im Wörterbuch systematisch nicht suchen. Sie sind aber trotzdem nach und nach doch in die Auswahl gekommen – teils durch Zufälle, teils in zusammengesetzten Adjektiven, und schließlich vor allem in der zweiten Phase der Arbeit, in der ich sowieso fast den gesamten Wortschatz durchgehen mußte.

Relativ früh war mir eine Möglichkeit der Erweiterung des Wortmaterials um Substantive eingefallen, die auf *-e* und *er* enden (Komparationen: *das Abgabe – Abgaber, das Wasser – Wasser* usw.; oder: *das Inhabe – Inhaber, das Lede – Leder* usw.). Ich suchte sporadisch ein paar Wörter auf *-er* im Singular aus (ca. 40, zum Teil komparierte ich sie so, daß ich erstmal das *-r* am Ende abschnitt: *das Inhabe – Inhaber*, s.o.; diese Komparationen klingen aber leider nicht besonders). Ich machte weiterhin eine größere, aber unsystematische Auswahl von Wörtern auf *-e* im Singular (ca. 200) und suchte an verschiedenen Stellen und zufällig ein paar Substantive (52) auf *e* im Plural zusammen (Komparationen: *die Gewächse immer Gewächser, die Weine immer Weiner, die Arme immer Armer, die Leute Leuter, die Laute lauter, die Künste Künster* usw.). Wörter auf *-er* im Plural gibt es im Text kaum (bis auf Ausnahmen wie z.B. *die Dichter – dichter*). Und mit Substantiven im Plural machte ich nach diesen Expansionsversuchen sowieso Schluß. Der Grund: man kann sie auch wieder nicht systematisch im Wörterbuch suchen. Aber alle Substantive bekamen dann sowieso abzuwehren (Welche Art von Sorgen? Wer ist dieser Erzähler? Welche Motive hat er?), folgt als Nebelkerze der Untertitel: »Ein Text zum Durchblättern.« Aber nur bei genauer Lektüre des sehr klein gesetzten Textes findet man diese beiden regelrecht versteckten Zeilen (3. Seite, 1. Spalte: »Das Aufschreiben meiner Sorgen / hilft mir ein bißchen.«) Um dem hier angedeuteten Leiden auf die Spur zu kommen, wird man dann in dem zehn Jahre späteren Erklärungstext weiter fündig: »Eine solche Menge von Sorgen kann mit dieser Ernsthaftigkeit nur einer zusammenschreiben, der es zwar extrem ehrlich meint, dabei aber nicht ganz rund läuft. Und irgendwie so einer ist Georg.«

Und man findet sogar eine psychologische Erklärung für die Komparationsbesessenheit des Textes, die nun beim Verfasser verortet wird: »Weil ich das Jammern, wie schrecklich alles ist und immer schlimmer und schlimmer wird, schlecht ertragen kann.« So entsteht selbst in diesem frühen Text eine höchst ironische Dauerspannung zwischen der demonstrativen Unpersönlichkeit des Textes und der schrittweise erkennbar werdenden Individualität eines leidenden und sich wehrenden Erzählers, für dessen Leiden später im Text von 1994 sogar gesellschaftliche Ursachen anklingen (Jan Faktor war später Mitarbeiter des Rundbriefs der Oppositionsgruppe »Neues Forum«): »Ohne den Hintergrund von realer Bedrohung wäre der Text wertlos.«

Noch eine Erinnerung an meine subversiven Besuche der damaligen Autorinnen- und Autorengruppe in Ostberlin: Ich wurde um Bücher-Schmuggelware gebeten, die ich auch mutig geliefert habe, zumal die DDR-Grenzpolizisten mit den Autorennamen nichts anfangen konnten: Baudrillard, Foucault, Derrida, ... Auf keinen Fall Habermas oder marxistische Gesellschaftskritik! Die These vom Tod des Autors und der Macht des Textes war tatsächlich auch jenseits der Mauer angekommen, wenn auch nicht bei den Sicherheitskräften.

Bei Jan Faktor aber fanden sich selbst in den unendlichen Wörteraneinanderreihungen seines »Textes« erste versteckte Hinweise auf ein Erzähler-Ich, das in den folgenden Jahren fast unbemerkt zu einem barocken, entfesselten Geschichtenerzähler mutierte. Ein Erzähler, der seit seinem ersten großen Roman *Schornstein* 2005 in seiner vollen Entfaltung auf die Bühne tritt.

Plötzlich ist da ein Erzähler, der alles, was er an Ereignissen berichtet, durch eine hochoriginelle, subjektive Brille betrachtet, der keinen Satz schreibt, ohne einen dauer-ironischen Blick auf das verwendete Vokabular, ohne permanente Abschweifungen und Assoziationen.

Es klingt wie eine glückliche Unterwerfung, wie eine Antwort auf eine Erkenntnis, die der Erzähler des Schelmen-Romans *Trottel* dem Leser offenbart:

> »Natürlich würde ich meine Geschichte gerne etwas übersichtlicher erzählen als so, wie es mich meine aktuellen Notate vorfürchten lassen. Es gab Zeiten in meinem Leben, in denen ich ganz pingelige Regeln für die Aufbewahrung aller meiner, wie man heute sagt, personenbezogenen -lassenschaften hatte; das heißt aller meiner Dokumente, amtlicher und tech-

nischer Unterlagen und so weiter. Ich hielt also in allen Schächtelchen mit den unterschiedlichsten Zetteln, Karteikarten und Schnipseln, also praktisch in allem, was mir wichtig war, eine strenge zeit- wie auch raumsystematische Ordnung. Ich versuchte einfach, meiner Begrenztheit, so gut es ging, entgegenzusteuern. Inzwischen herrscht um mich herum relativ viel Chaos, und meine Geschichte lässt sich sowieso – wenn überhaupt – nur auf eine abanale Weise achronal erzählen. Anders ausgedrückt: Mehr zappelig als in Grenzen wohl.«

Der Roman also als eine späte, zweite Antwort auf die Erfahrung des Chaos, der elementaren Unübersichtlichkeit des Daseins. Waren die frühen Texte, die dem Chaos eine streng-formale, objektive Ordnung von Zeichen entgegenstellten, nur eine erste Etappe, ein erster Versuch, gegen die sich die Kontingenz des Lebens als zu stark erwies?

1 Siehe dazu die plastische Schilderung dieser Künstler-Szene und ihrer Sprachfixiertheit anhand eines Treffens zwischen dem Erzähler des Romans und dem Dichter Bernd Papenfuß-Gorek vor einer Kneipe in Ostberlin in seinem Roman *Trottel* (2022) auf den Seiten 249ff.

2 Der Band enthält auch andere, eher erzählerische Texte, etwa von Katja Lange-Müller. Aber auch bei ihr geht die erzählerische Prosa einher mit einer ständigen, kreativen Reflexion der sprachlichen Form.

3 In einem kürzlichen Telefonat spielt Jan Faktor die Individualität des Sprechernamens herunter: Georg/Jiři sei einfach der häufigste männliche tschechische Vorname, eine Art Statthalter für einen eher anonymen Erzähler.

Jörg Magenau

Wie es war – und wie es weitergeht

Über Jan Faktors Romane *Schornstein* und *Georgs Sorgen* nebst Hinweisen auf den Dichtergarten des Grauens und andere einschlägige Orte

Irgendwann taucht immer die Frage auf, wer da eigentlich spricht und was das alles soll. Warum erzählt jemand das eigene Leben? Und wem? Die Vergangenheit, die Anlass zur Sorge gibt, wird ja nicht unbedingt besser dadurch, und überhaupt: Reden wir nicht alle viel zu viel? Das Bekenntnis »Ich werde keine Romane schreiben, Prosa lehne ich sowieso ab. Ich will lieber auf alles draufhauen, möglichst auf jedes einzelne Wort«, kann deshalb mit Verständnis und Sympathie rechnen. Auf Seite 539 des 640 Seiten umfassenden Romans *Georgs Sorgen vor der Vergangenheit oder im Reich des heiligen Hodensack-Bimbams von Prag* kommt es aber doch überraschend. Zumal Jan Faktor fünf Jahre zuvor bereits den ebenso umfangreichen Roman *Schornstein* publizierte und es auch bei *Georgs Sorgen* nicht bleiben sollte. Schließlich folgte darauf zwölf Jahre später mit *Trottel* ein dritter Roman, der in diese Reihe gehört. Schornstein, Georg und der selbsternannte Trottel sind ein und dieselbe Person mit einer gemeinsamen Geschichte, die aus dem Prag der 60er Jahre über das Ostberlin der 80er in die Gegenwart des wendegewandelten Prenzlauer Bergs führt, was exakt den biographischen Koordinaten von Jan Faktor entspricht.

Georgs Bekenntnis, keine Romane schreiben zu wollen, wird im Roman von einem tschechischen Schriftsteller so kommentiert:

> »Vielleicht nach dem du alles zerhauen hast, Georg, warte mal ab. Das Erzählen hat etwas Magisches, glaube mir. Im Grunde will man als Leser – in jedem Zeitalter – immer nur wissen, wie es weitergeht, und vor allem, wie es in seinem eigenen Leben weitergehen wird und ob es besser wird. Papa, Mama, wie es weitergeht.«

Das ist die Kürzestformel des autofiktionalen Erzählens, wie Jan Faktor es betreibt. Allerdings blickt er weniger nach vorn, als zurück. Der Begriff »autofiktional« war 2005, als *Schornstein* erschien und mit dem Döblin-Preis ausgezeichnet wurde, noch nicht gebräuchlich, trifft in seinem Fall aber präzise zu. Faktors Prosa ist nicht einfach autobiographisch rekapitulierend. Sie ist in äußerster Konsequenz fiktional, weil die eigenen Lebensmaterialien – Herkunft, Geschichte, Mama, Papa und so weiter – auf eine sprachspielerische Ebene gehoben werden, auf der Faktor sie genüsslich durcharbeiten, durcheinanderwirbeln, zuspitzen und zerhauen kann, um sie auf die komischen Aspekte des Daseins hin zu verdichten. Das, was war, ist ja immer etwas Erdichtetes.

Tatsächlich hat Jan Faktor wenig Zweifel am Erzählen. Er erzählt so bedenken- wie skrupellos. Alles, was war, ist es wert, benannt, gezeigt, erklärt zu werden. Da gibt es keine Rücksicht auf Ökonomie, keine Schmerzgrenze, keine Scham, keinen Ekel und kein Mitleid. Das Erzählen ist bei ihm ein technischer Vorgang, um die Vergangenheit möglichst kunterbunt mit all ihren Details aufleuchten zu lassen. Damit fängt Faktor aber nicht bei Papa und Mama an, nicht am Anfang, sondern von hinten. »Am Ende« heißt die erste Kapitelüberschrift in *Schornstein*, und das ist durchaus doppeldeutig gemeint.

Mit dem Ende anzufangen, ist ein bewährter erzählerischer Trick. Vom Ende aus lässt sich der Anfang einer Geschichte überhaupt erst bestimmen; die Geschichte gibt es ja erst dann, wenn sie als solche isoliert und erzählt worden ist. Vom Ende aus. Es bedeutet aber auch, dass es danach weitergehen muss. Beim Ende kann es nicht bleiben, wenn Literatur entstehen soll. Jemand beginnt zu erzählen, weil er etwas hinter sich lassen will. Er war am Ende, aber nun schöpft er neue Kraft – ein Phänomen der Selbstvitalisierung, das sich in *Georgs Sorgen* und vor allem in *Trottel* wiederholen wird.

Dass Jan Faktor opulente Romane schreiben würde, war durchaus eine Überraschung. Zuvor hatte er sich vor allem als Lyriker, Essayist und experimenteller Autor mit schmalen Bändchen hervorgetan, der sein Lesepublikum nicht unterhalten, sondern erklärtermaßen erschrecken wollte. In Prag, wo er 1951 geboren wurde, wuchs er auf und erlebte das Jahr 1968 als politisches Ende aller Hoffnungen, noch bevor für ihn überhaupt etwas angefangen hatte. Der Beginn seines Schreibens fiel in die Jahre des politischen und kulturellen Niedergangs der ČSSR nach dem Einmarsch der Truppen des Warschauer Pakts und stand damit von vorn herein unter der Gewissheit, nicht publizieren zu können. Auch in der schriftstellerischen Biographie markierte also ein Ende den Anfang, ein Ende, dem er etwas entgegensetzen musste.

Für einige Semester studierte er EDV, zog sich dann aber in die slowakischen Berge der Hohen Tatra zurück. Weit oben im Abseits lebte er in einer Schutzhütte, schrieb dort auch, wurde mit den Resultaten aber immer unzufriedener und ließ es bleiben. 1973 kehrte er nach Prag zurück, arbeitete als Programmierer beziehungsweise »Systemanalytiker« wie die schönere Berufsbezeichnung lautete. Es waren Jahre der inneren Emigration im EDV-Zentrum. Nächtelang vergrub er sich dort, tüftelte an den Programmen herum und hatte wenigstens im Reich der Elektronik alle Freiheit, das System zu verändern. Mit Literatur hatte die Computersprachforschung nicht direkt zu tun. Sie wirkte sich aber auf die spätere lyrische Produktion aus. Eine Vorliebe für serielle Ästhetik, der Blick auf Sprache als etwas Materielles, das aus einzelnen Zeichen zusammengesetzt ist, das Interesse für Codes und Formeln und die Reduktion von Worten auf ihren Klang sind Resultate dieser Zeit.

Ähnlich behandelte er dann auch die deutsche Sprache, als er 1978, ein Jahr nach der Heirat mit der Psychologin Annette Simon, von Prag nach Ostberlin übersiedelte. Ostberlin erlebte er aus Prager Perspektive als vergleichsweise liberales Pflaster, den Prenzlauer Berg als ungeahnte Oase künstlerischer Freiheit und alternativer Lebensräume. Geld verdiente er als Schlosser und als Kindergärtner, seine Texte schrieb er zunächst weiter auf Tschechisch, ging dann um den Schreibtisch herum, und schrieb dasselbe von der anderen Seite aus noch einmal auf Deutsch – ein Verfahren, das sich jedoch mehr und mehr als unökonomisch erwies. Also versuchte er es direkt mit dem Deutschen, bediente sich der Syntax wie aus einem Baukasten, schraubte an den Sprachbestandteilen herum wie ein Ingenieur und verschweißte die einzelnen Wortpartikel neu. Diese Technik ließ sich nicht mehr in die eigene Muttersprache rückübersetzen. So wurde er zu einem deutschsprachigen Schriftsteller.

Jan Faktor schreibt ausdauernd – hat aber nicht sehr viel publiziert: vor 1989 deshalb nicht, weil er im Osten kaum eine Chance gehabt hätte, nach 1989 aus Vorsicht, Skepsis und Zurückhaltung. Bei aller Ausschweifungslust und Detailfreude ist er ein Anhänger der Reduktion. Die Operationen des Kürzens, Verknappens, Weglassens gehören ebenso wie die Sammelleidenschaft zu seinen poetischen Grundprinzipien. »Jedes überflüssige Wort macht aus einem Text eine Lüge«, lautet eine seiner radikalen Maximen, die durch seine Wortfindungswut aber aufgehoben wird. Mitte der 80er Jahre schrieb er einen polemischen Essay mit dem Titel: »Das Hauptproblem der Literatur ist, dass alle schlecht schreiben«. Die hermetische Ästhetik der inoffiziellen Literatur vom Prenzlauer Berg kritisierte er nun für ihre selbstgenügsame politische Enthaltsamkeit, bekundete andererseits aber auch seinen Abscheu vor der sogenannten engagierten Kunst, die Sprache nur als Transportmittel für politische Zwecke begreift. Am Prenzlauer Berg stand er bald im Ruf, ein Nestbeschmutzer zu sein. Im Frühjahr 1989 notierte er sich dann aber vorsichtshalber schon einmal den Satz: »Alles darf man im Leben sein, nur nicht Literat in Westdeutschland.« Nach der Wende fiel er – so empfand er es selbst – »aus allen politischen Zusammenhängen heraus«. Für die Prenzlauer Berg-Literaten war er zu politisch, weil er im Neuen Forum mitarbeitete, für die Antikommunisten war er nicht antikommunistisch genug, für die westdeutsche Linke zu antikommunistisch und für Ost-Nostalgiker schon gar nicht zu gebrauchen.

Sein erstes Buch erschien im Herbst 1989 im Aufbau-Verlag. Schon wieder ein Ende als Anfang, diesmal das Ende der DDR. Da war er 38 Jahre alt. Es hieß: *Georgs Versuche an einem Gedicht und andere positive Texte aus dem Dichtergarten des Grauens*. Das nächste Buch, 1991 erschienen, erhielt den Titel: *Henry's Jupitergestik in der Blutlache Nr. 3 und andere positive Texte aus Georgs Besudelungs- und Selbstbesudelungskabinett*. Das titelgebende Dramolett war eine Persiflage auf Heiner Müllers Blut- und Mythen-Materialschlachten. Allerdings lässt sich im Rückblick eine erstaunliche Verwandtschaft zwischen diesem Henry in der *Blutlache Nr. 3* und Schornstein erkennen, wenn Henry schon damals solche Sätze sagte: »Zerreiß deinen Leib, öffne deine Eiterbeutel, zeig deine Tomatenspirellis, Erde du.« Oder: »Alles um mich herum, alle Häuser und auch die Drogerien hier, alles aus rohem Fleisch, pulsiert überempfindlich, jede Sensation eine Qual.«

Der erste Satz, also das Ende von *Schornstein*, geht so:

> »Als es draußen wirklich warm wurde, stand ich manchmal mit etwas mehr Freude auf als sonst. Und schleifte mich auf meinen wackligen Beinen durch die Wohnung.«

Das klingt nicht gerade lebensfroh, lässt aber ahnen, dass da jemand über seine Schwäche lachen will. Schornstein, der Ich-Erzähler, hat einen Herzinfarkt überstanden. Seither muss er sich regelmäßig einer Blutwäsche, einer sogenannten Apherese unterziehen. Er leidet an einer unheilbaren Stoffwechselkrankheit. Eine Maschine, an die er in regelmäßigen Abständen angeschlossen wird, filtert das überflüssige Blutfett heraus. Das hält ihn am Leben, hält ihn zugleich aber auch in einem permanenten Krankheitsstadium und in Abhängigkeit von Ärzten und Apparatur. Die Krankenkasse weigert sich, die Kosten der teuren Behandlung zu übernehmen. Dadurch droht ihm auch finanziell der Kollaps. Die körperliche Schwäche mündet in eine tiefe Depression, und nun ist es seine Frau Anne, die ihn rettet, die ihn geduldig aushält, obwohl er in seiner abgrundtiefen Mut- und Kraftlosigkeit kaum auszuhalten ist.

Das subtile Begehren und alltägliche Ringen des Ehepaares bildet das warme Kraftzentrum dieses Romans. Weil sie sich während der Arbeit zu Hause ein Sprechverbot auferlegt haben, umarmen sie sich stumm, wenn sie sich gelegentlich im Flur begegnen. Die beiden sind wahre Helden der Liebe als Langstreckendisziplin. Sie beschimpfen sich aufs Zärtlichste. Sie streiten sich so innig, wie man das nur kann, wenn man sich ganz genau kennt. Sie erdulden sich so hingebungsvoll – das heißt: vor allem erduldet Anne ihren kranken Mann –, wie es nur möglich ist, wenn es an der Zusammengehörigkeit keinen Zweifel gibt. Schornstein sagt: »Ich habe im Gegensatz zu vielen anderen nicht übermäßig viel dagegen, meinen Nächsten zur Last zu fallen.« Indem er seine Liebe mit Attributen wie »niedlich« oder »süß« belegt, sorgt er dafür, dass die Gefühle handhabbar bleiben. Bloß keine Sentimentalität!

»Die Kunst ist der Kampf des Menschen gegen die Weltherrschaft der Traurigkeit«, schreibt Faktor 1983 in einem Essay. Literatur, sagte er damals, »hat nur einen Sinn als Zeugnis dafür, dass es jemandem gelungen ist, das Gefühl der eigenen Überflüssigkeit zu überwinden.« Er unterscheidet depressive Kunst, die der Traurigkeit verfallen bleibe, von der »Kunst der überwundenen Depression«, wie er sie anstrebe. Diese »Kunst der überwundenen Depression« sei an ihrem Unernst zu erkennen. Als bevorzugte Stilmittel nennt Faktor

> »selbstkritischen Witz und natürlich auch die relativ emotionsarme Arbeitsweise eines Sprachkonstruk-

teurs, der grundsätzlich mit ironisierendem Abstand arbeitet.«

Diese Prinzipien lassen sich auch in seinen Romanen nachweisen, in *Schornstein*, der auf rätselhafte Weise aus den Themen Krankheit und Depression Heiterkeit und gute Laune hervorzaubert, ebenso wie in *Georgs Sorgen* und in *Trottel*, wo es für den Erzähler darum geht, über den Selbstmord des psychisch labilen Sohnes hinwegzukommen. Es ist eine kräftigende Prosa, deren Genesungspotenzial sich auf die Leser überträgt.

Literatur, der anzumerken ist, dass die Autoren ihre »persönliche Not und Tragik offensichtlich unter Verschluss hielten oder verharmlosten und so an ihren Texten geschickt vorbeischleusten«, lehnte Faktor von Anfang an ab. Das führte dazu, dass seine Skepsis gegenüber Literatur zunahm, die er allzu häufig als emotionsarm wahrnahm, als schmerzfrei und künstlich. Und er stellte fest, dass »Literatur an sich im Wettbewerb mit den anderen Möglichkeiten der Ankunstung des Menschen immer schwächlicher« wirke. Faktor interessiert sich für den Zusammenhang zwischen Krise und Produktivität, für das Verhältnis von Krankheit und Kunst. Wie schlecht muss es einem gehen, um gut schreiben zu können?, fragte er in einem zornigen Pamphlet, das er »Selbstbesudelungsmanifest fünf tapferer Literaturrevoluzzer, wie es die Zeit verlangt« nannte und das die Frage stellte: »Warum hört sich das Wort Literatur immer so noblesk an?«

> »Unser Leben lang stecken wir in einer Dauerkrise, und ein Ausweg wäre: Zu kotzen und zu kotzen und zu heulen und dann über das Kotzen und das Heulen zu schreiben.«

Das ist, wie vieles was Jan Faktor schreibt, unernst formuliert und ernst gemeint. Im ersten Kapitel des Romans *Schornstein* findet sich eine Szene, die diese These eindrucksvoll illustriert. Vor einem Supermarkt, in mildem Frühlingslicht, versammelt sich die »hoffnungsvolle frische Trinkergeneration« der neuen Saison in einer Grünanlage. Neben alten Bekannten und zerfurchten Großstadtveteranen sitzt da auch ein adretter Fremder in einem hellbraunen Anzug, der neben sich ein kleines Köfferchen stehen hat. Von zentraler Bedeutung ist aber

> »etwas anderes: Eine offene Konservendose, die er waagrecht und umsichtig in der vorgestreckten Hand hielt. Er saß breitbeinig an einer Ecke der Bank, am anderen Ende verharrte eine steif nach vorn glotzende Oma, die offensichtlich wegen der sonnigen Lage ihre Stellung nicht räumen wollte. Der Mann saß da und kotzte ruhig vor sich hin. Er kotzte aber nicht so, wie man es kennt, nicht stoßartig und eruptiv. Aus ihm floss die Absondermasse in einem gleichmäßigen Strom heraus, fast geräuschlos, hatte ich den Eindruck – also ohne das übliche Würgen. Und ich hatte den Eindruck, dass das, was er so unmittelbar ans Tageslicht brachte, der fast unveränderte Inhalt seiner

Dose war. Der Kotzbrei konnte höchstens leicht angesäuert und etwas angewärmt sein. Von Blut konnte die tomatenhafte Farbe nicht kommen, geronnenes Blut wäre nämlich schwarz, ›Kaffeesatz-Erbrechen‹ heißt es, wenn ich mich nicht irre.«

Die Melancholie des Augenblicks ist nicht zu übersehen. Aber er besitzt auch eine stille Schönheit. Er schillert wie ein Vexierbild. Je nachdem, wie man hinsieht, verändert sich die Stimmung. Der würdevolle Unbekannte macht aus dem Kotzen eine Kunst. Die Leichtigkeit, mit der er einen an sich eher unschönen Vorgang bewältigt und das Elend veredelt, nötigt dem Erzähler Bewunderung ab. Schornstein, der zu Forschungszwecken wenig später noch einmal an diesen Ort zurückkehrt, rühmt die Überreste dieser delikaten Perfomance: »Die bleichrote Lache mit einer Korona aus vielen Tröpfchen sah wie ein von der Allgemeinheit respektiertes Kunstobjekt aus.« An dieser Stelle gibt der Roman sein Verfahren preis. Kunst ist eine höfliche Betrachtungsweise zu dem Zweck, die Dinge in überlebensnotwendige Distanz zu rücken und Haltung zu bewahren. Die rote Farbe der Suppe deutet zudem voraus auf das zentrale Motiv des Romans: Blut. Denn Blut, das wissen wir von Goethes Mephisto, ist ein ganz besonderer Saft. Die Szene dient auch als Warnung: Allzu empfindlich sollten die Leser nicht sein, die sich auf die Lektüre einlassen. Eine gute Dosis Ekelresistenz ist immer empfehlenswert.

Das Interesse für körperliche Vorgänge zieht sich durch alle Schriften Jan Faktors. In einem Buch mit dem unübertrefflichen Titel *Die Leute trinken zu viel, kommen gleich mit Flaschen an oder melden sich gar nicht oder Georgs Abschiede und Atempausen nach dem verhinderten Werdegang zum Arrogator eines Literaturstoßtrupps* findet sich ein ganzes Kapitel mit »Körpertexten«, die den komplexen Regelmechanismus physiologischer Abläufe bewundern. »Wie praktisch ist unsere Haut«, heißt es in einem mehrseitigen Gedicht,

> »wie genial unsere Wirbelsäule, wie zur Schönheit entwickelt unsere Lungen, wie anpassungsfähig und arbeitsam unser Magen, wie gerade richtig dünnflüssig unser überall gegenwärtiges Blut«.

Diesem Funktionsstaunen entgegen steht die bedrohliche Fantasie, dass es auch anders sein könnte. Was, wenn der Körpers weniger praktisch geordnet wäre?

> »Stellen wir uns das Grauen vor, dass unsere Haut durchsichtig wäre, dass unsere Wirbelsäule steif wie unser Schienbein wäre, dass unsere Lunge Durchzug nicht ertragen würde, dass unser Blut in uns wie die Milch in der Tüte plätschern würde.«

Das ist genau die Erfahrung, die Schornstein machen muss. Sein Körper funktioniert nicht, wie er soll, und das hat fatale Folgen auf allen Ebenen des Daseins. Wie gefährdet seine Existenz ist, zeigt schon das soziale Umfeld, in dem er lebt: ein Berliner Mietshaus mit Innenhof und selbsternanntem Hausmeister, mit einem Obdachlosen, der schlafend quer im Treppenhaus liegt und unter sich nässt und mit einem anonymen Verehrer, der »Ich liebe deine verrückten Ideen« an die Hauswand schreibt. Von oben dringt Wasser in Schornsteins Wohnung, weil das Dach schon seit längerer Zeit undicht ist. Von unten weht ein scharfer Gestank durchs Treppenhaus. Er kommt aus der Wohnung der alten Frau Schwan mit dem künstlichen Darmausgang und der kämpferischen Entschlossenheit, niemals die Fenster zu öffnen. Schornstein scheint all das weniger als Bedrohung zu empfinden, denn als Gegenstand sozialer Neugier. In seinem Blick gewinnen all diese Figuren Würde und Stolz, vielleicht deshalb, weil er nicht von oben herunterschaut, sondern sich zugehörig fühlt. Er ist zwar gelernter Werbetexter, also eher so etwas wie ein Intellektueller, doch wegen seiner Krankheit hat er gekündigt und nun den sozialen Abstieg vor Augen.

In den 1960er/70er Jahren hätte man so einen Roman vermutlich als »Literatur von unten« bezeichnet, auch wenn es damals eher um das Lob der Arbeiterklasse als um Arbeitslosigkeit ging. Für Schornstein wird die Krankheit zum Beruf oder vielmehr der Kampf gegen die Krankenkasse und die Kassenärztliche Vereinigung, die ihm die Kostenübernahme verweigern. Schornstein gerät in eine ähnliche Situation wie der Bomberpilot Yosarian in Joseph Hellers Roman *Catch 22*. Dort, bei der Air Force, galt die Regel: Um fluguntauglich geschrieben zu werden, muss ein Bomberpilot verrückt sein. Wer aber einen Antrag auf Fluguntauglichkeit stellt, kann gar nicht verrückt sein, sondern zeigt, dass er sehr gesund reagiert, muss also weiter Einsätze fliegen. Bei Schornstein ergibt sich die für *Catch 22* kennzeichnende absurde Aufhebung der Logik aus dem Begriff »Einzelfall«. Auch wenn noch so zweifelsfrei feststeht, dass er Blutwäschen braucht, um zu überleben, ist der Nutzen der Therapie nicht beweisbar, weil Einzelfallbeschreibungen keine Studien sind. Und ohne Studien kein Beweis. »In der Wissenschaft kann man mit einfachen logischen Schlüssen nicht argumentieren«, sagt ein Arzt. »Dazu ist der Mensch viel zu kompliziert.«

Schornstein verwandelt – und das gehört zu Faktors bissigem, befreiendem Witz – Klassenkampf in Kassenkampf. Schornstein arbeitet sich wie besessen in die medizinischen und bürokratischen Zusammenhänge ein. Er verwaltet immer unübersichtlichere Dateien im PC: Briefe, Informationsblätter, wissenschaftliche Arbeiten, Textbausteine aller Art. Doch wenn jede Mitteilung zur »Information« wird, droht das Chaos. In der Welt der Beipackzettel und Gebrauchsanweisungen verliert man leicht den Überblick. Schornstein spricht von einem »Informationsüberdruck«, unter dem er leide. Seine Freunde nennen ihn »Kohlhaas«. Das ist allerdings übertrieben, denn ihm fehlt die nötige Erbitterung, der brandschatzende Zorn, die Humorlosigkeit des Kleist'schen Helden. Der Vergleich mit dem braven Soldaten Schwejk liegt bei einem Autor, der aus Prag stammt, näher. So wie Schwejk den Machtverhältnissen des Militärs mit subversivem Witz beizukommen suchte, so kämpft Schornstein gegen den medizinischen Komplex aus Krankenhaus, Kassen und Industrie.

Mit besonderer Freude widmet Jan Faktor sich dem Kauderwelsch medizinischer Verlautbarungen. Das erinnert an die Zeit, als er sich mit Computersprache befasste. Begriffe wie »Apolipoprotein« oder »Plasminogen-Gen«, »Proteindomäne« oder »homologe Rekombination« besitzen durchaus einen poetischen Mehrwert. Faktor lässt dabei auch seine Sammlerneigung erkennen, die Ende der 90er Jahre schon einmal in einem großartigen Lichtbildvortrag zur Geltung kam. Damals befasste er sich als Archäologe des Alltags mit signifikanten Gebrauchsgegenständen aus der DDR wie dem ROFRA-Haarlacksprüher oder dem Druckspüler R 1/2 für Urinal TGL 21726, vor allem aber mit den zugehörigen Gebrauchsanweisungen. Diese Prosa der Dinge sprach eine deutliche Sprache. Im Begleittext zum Polstermöbel nach TGL 6074/02 fand er den utopieverdächtigen Hinweis: »Veränderungen im Sinne des technischen Fortschritts vorbehalten!« Auch die Hersteller des Trabant warnten ihre Kundschaft: »Änderungen am Erzeugnis im Interesse des wissenschaftlich-technischen Fortschritts behalten wir uns vor.« In der Endzeit der DDR formulierte das Kombinat VEB Elektrogerätewerke Suhl dann jedoch: »Änderungen der Bedienungsanleitung im Interesse des technischen Fortschritts behalten wir uns vor.« So ist das, wenn Staaten zugrunde gehen. Dann werden nicht mehr die Dinge, sondern bloß noch die Beipackzettel verändert. Es ist also kein gutes Zeichen, wenn Schornstein nun auch in unserer aktuellen Gesellschaftsformation Beipackzettel und Informationstexte sammelt.

Schornsteins Traurigkeit ist eine Traurigkeit der Dinge, des Körpers und der Seele. Wer so viel Blut verliert, muss sich nicht wundern, in eine Depression zu fallen. Weil er da nicht mehr herausfindet, sucht er den Psychologen Dr. Brakwart auf, und der fragt bald nach der Familiengeschichte seines jüdischen Patienten. Psychopharmaka als billigen Ausweg möchte der Doktor nicht zulassen und erklärt das mit dem Hinweis: »Der Stoffwechsel ist sehr viel komplizierter als die Geschichte des 20. Jahrhunderts oder des Dritten Reiches.« Das ist ein heimtückischer Satz, über den man lange nachdenken kann. Dabei ist nicht entscheidend, ob er so stimmt. Wichtiger ist die Verflechtung der verschiedenen Ebenen des Romans – Körper, Seele, Soziales und Geschichte. Sie erlaubt es dem Autor, die Geschichte physiologisch, das Körperliche aber historisch zu betrachten und damit auf beiden Ebenen ironische Distanz zu gewinnen.

Dass Schornstein Jude ist, spielte bis dahin nur nebenbei ein Rolle. Auch Jan Faktor hat seine jüdische Herkunft nie großartig thematisiert. Schornstein unterhält – ebenso wie nach ihm Georg und der Trottel – ein eher instrumentelles Verhältnis zu seinem Judentum. Mit seinem Chef in der Werbeagentur ist er sich darüber einig, dass er wegen Auschwitz so gut wie unkündbar sei. Juden, die ihr Judentum demonstrativ vor sich hertragen, nennt er abschätzig »Berufsjuden«. Er mag sie ebenso wenig wie jammernde Deutsche, die darüber lamentieren, wie viel besser alles wäre, wenn »die ganzen wunderbaren Juden nicht in den KZs verschwunden oder ins Exil gegangen wären«. Und wenn Anne ihn auf der Straße im theatralisch vorgetragenen Streit mit Fäusten traktiert, kontert er mit brachialer Ironie:

> »Und dann ab mit mir in den nächsten Transport, nicht wahr. Und sowieso: darf man einen Vertreter des auserwählten Volkes so behandeln, obendrein in einem so geschwächten Zustand?«

Dr. Brakwart findet den Namen Schornstein »etwas zu sprechend«. Tatsächlich wirkt er wie ein schlechter Scherz, und genau das soll er auch sein. Ist es möglich, dabei nicht an Auschwitz zu denken? Die »Kunst der überwundenen Depression«, die Faktor in diesem Roman so leichthändig demonstriert, muss sich auch im historischen Extremfall bewähren; der Scherz wird an die Schmerzgrenze getrieben. Es zeigt sich, dass Schornsteins ironische Grundhaltung ein Resultat der Familiengeschichte ist. Ironie hat sich als Überlebensmittel bewährt. Die Geschichten, die Schornstein vom Überleben seiner Mutter, Tanten und Großmutter erzählt, sind ganz und gar erstaunlich. Diese Frauen ließen sich von Deportation und Todesgefahr nicht beeindrucken, ja, sie beantworteten, was ihnen zustieß, mit Gelächter. Schornstein hat in seiner Kindheit lauter lustige Geschichten zu hören bekommen: KZ-Erlebnisse als Märchen zur Guten Nacht.

Wenn die Großmutter bei der Ankunft in Birkenau aus dem Viehwaggon heraus Männer mit Stöcken sah, behauptete sie, bei den Bewachern handle sich um Invaliden mit Krücken und versprach: »Hier wird es gut sein«. Das Schreckliche, etwa die Selektion an der Rampe, die Dr. Mengele persönlich vornahm, verschwiegen die Frauen lange Zeit. Zum Geschichtenbestand der Familie gehört stattdessen die Anekdote, wie sie auf einem Dachboden in Theresienstadt ein Gedicht von Morgenstern aufsagten, dabei Lachkrämpfe bekamen, sodass sie aus den Stockbetten der Mithäftlinge heraus ernsthaft ermahnt wurden. Aber sie lachten sich schlapp über diese Verse:

> »Die Rehlein beten zur Nacht, hab acht! Halb neun! Halb zehn! Halb elf! Halb zwölf! Zwölf! Die Rehlein beten zur Nacht, hab acht! Sie falten ihre kleinen Zehlein, die Rehlein.«

Das Gedicht heißt »Das Gebet«. Dr. Brakwart interpretiert die Situation jedoch eher als Gebetsabwehr: Im Gelächter ereignet sich ein gezieltes Entweihen und Entwürdigen des Augenblicks. Damit verliert der Schrecken seine Macht. Schornstein glaubt aber doch, dass das Aufsagen des Gedichts an diesem Ort ein Gebet gewesen sei. Er versteht es als

> »eine Art Gegenwehr gegen das was noch kommen sollte. […] Das Aufzählen der Stunden hat auch bei Morgenstern etwas Erbarmungsloses. Die nächste Stunde kommt, dann die übernächste, irgendwann ist es soweit. Den drei Frauen stand tatsächlich noch einiges bevor. Im Grunde beteten sie ähnlich wie Rehe, denen das Beten in der Jagdzeit auch nicht helfen würde«.

Das Morgenstern-Gedicht steht nicht zufällig im Zentrum des Romans. Es ist eine Todesfuge, der es gelingt, das Entsetzen in Komik zu transformieren, ohne dass der Schrecken deshalb unsichtbar werden würde. Darin ist es vorbildhaft für Faktors »Kunst der überwundenen Depression«, zu der nicht nur Scherz, Satire und Ironie gehören, sondern auch die Lakonie. Lakonie ist das Gegenteil von Pathos. Der Lakoniker versucht, sich unter allen Zumutungen, die ihn bedrohen, wegzuducken. Wer sich klein macht, dem ist weniger anzuhaben. Das Grimmsche Wörterbuch verzeichnet das Wort »lakonisch« zum ersten Mal in Grimmelshausens *Simplicissismus*. Das ist ein wichtiger Hinweis: *Schornstein*, *Georgs Sorgen* und der *Trottel* gehören in diese Tradition des Schelmenromans.

Die Frage, »wie es weitergehen wird«, ist damit aber noch nicht hinreichend beantwortet. Papa, Mama und so weiter sind noch lange nicht zu Ende erzählt, doch es ist klar geworden, wie viel Lakonie in dieser alles verschweigenden Kurzformel steckt. Führte *Schornstein* an den Punkt, der die Rückkehr zum Anfang notwendig erscheinen lässt, geht Jan Faktor mit *Georgs Sorgen* diesen Weg weiter. Der Papa spielt in diesem Jugend-, Adoleszenz- und Familienroman allerdings kaum eine Rolle. Wichtiger als die vielen Familienmitglieder in einer weitläufigen, dunklen Altbauwohnung sind zunächst die Dinge und das Bedürfnis des Erzählers, Türangeln, Baustellen, Mülltonnen oder Abflusssysteme in ihrer Funktionsweise möglichst exakt zu erfassen. Diese dingliche Selbstsicherheit hat vielleicht damit zu tun, dass Georg schon zu Beginn erklärt, von einem geradezu unerschütterlichen Glauben an eine helle Zukunft getragen worden zu sein – ein Glaube, der ihm sein durchschnittliches Dahinvegetieren ungemein erleichterte. Die Jugend im sozialistischen Prag der 60er Jahre war ja gewissermaßen von Amts wegen auf Zukunft ausgerichtet. Georgs Sorgen betreffen jedoch – wie schon der Romantitel verrät – »nicht vorrangig die jeweilige Gegenwart, sondern fast ausschließlich [s]eine Vergangenheit«. Denn das, was war, entspricht dem, was hätte sein sollen, leider nie.

Dann aber, hinter dem Schutz der Dinge, handelt *Georgs Sorgen* von der weitverzweigten, unübersichtlichen, jüdischen Familie, die sich nach dem Krieg als Zweckgemeinschaft von Überlebenden in einer Prager Altbauetage zusammengefunden hat. Sie besteht fast ausschließlich aus Frauen: Georgs Mutter, seinen nur schwer zu zählenden Tanten, Großmüttern und Urtanten. Einige davon sind schon aus *Schornstein* bekannt, ebenso wie ihre recht saloppe Haltung gegenüber ihren KZ-Erlebnissen, die in diesem Roman noch kräftiger ausgeführt wird. Der natürliche Frauenüberschuss dieser jüdischen Familie hat damit zu tun, dass »aus den KZs nach dem Krieg nicht die Herren, sondern eher die Damen« zurückkamen. Der Vater, Bediensteter der Geheimpolizei und maßloser Trinker, lebt mit seiner neuen Freundin in einem anderen Stadtviertel. Und der Onkel mit den weißen Beinen verschanzt sich hinter alten Schränken, die er so zurechtrückt, dass er in ihrem Schatten eine Art Privatexistenz inmitten der Frauenfamilie führt. Das häusliche Miteinander ist so eng, dass es Georg schwerfällt, Einzelwesen und nicht nur den Gesamtorganismus wahrzunehmen. Er vergleicht dieses funktionale, symbiotische Zusammenleben mit dem von Ameisen oder Bienen. Schon früh sprach Jan Faktor ironisch-bösartig von seiner »privaten jüdischen Verbundenheit mit bestimmten Kleintieren«. Hier zeigt er, wie er das gemeint hat.

Einer der erzählerischen Höhepunkte des Buches ist die Beschreibung der Reise, die Georg zusammen mit seiner Mutter ins ehemalige Christianstadt in Polen unternimmt. Sie besuchen die Reste eines Konzentrationslagers und der Munitionsfabrik, wo die Mutter von den Nazis als Zwangsarbeiterin eingesetzt worden war. Dieser Besuch ist dann doch zu viel für sie und endet mit einem körperlichen Zusammenbruch und, kurz darauf, mit einem Schlaganfall. Spätestens da wird deutlich, dass die in der Familie vorherrschende Ironie im Umgang mit der Vergangenheit auch nur eine Schutzhaltung ist.

Von der Kindergartenzeit bis in die Jahre der schwierigen Loslösung von zu Hause reichen die Sorgen, von denen Georg berichtet. Die Sorge um den eigenen Penis ist seine Zentralsorge – was in einer dermaßen frauendominierten Umgebung wohl auch kein Wunder ist. Fragen der Hygiene und der Lust verbinden sich in der Dauersorge ums Zentralorgan. Zugleich ist es eine Art Wünschelrute, die den Weg zu den Frauen weist. Alles Denken Georgs kreist um das andere Geschlecht, dem er als »Mösenschaftler« akribische Studien widmet. Das liegt einerseits am nie ganz unproblematischen Lebensalter der Pubertät, die er durchleidet, mehr noch aber an der sozialistischen Gesellschaft, in der Sex einer der wenigen, von Staat und Ideologie nicht kontrollierbaren Freiräume gewesen ist. Die politische Entwicklung hin zum »Prager Frühling« des Jahres 1968 und zu den russischen Panzern, die ihm ein Ende setzten, läuft in Faktors Erinnerungs-Roman parallel, aber eher im Hintergrund, obwohl bei seiner Mutter, einer Zeitschriftenredakteurin, Intellektuelle wie Eduard Goldstücker ein und aus gehen und selbst Theodor W. Adorno während eines Kongresses erotische Ambitionen anmeldet. Der Leib ist der Ort, in den sich die Geschichte einschreibt. Faktor erzählt sie als Körper-Geschichte.

Für Georg hat Freiheit vor allem mit dem »dauerhaft vorhandenen Samendruck« und den »Duftmarken« zu tun, »die die Mädchenkörper pausenlos abgaben«. Weil er überall ein großes Orgasmusversprechen wahrnimmt und »alle weiblichen Hüftbewegungen zum Sex im nächsten Fünfjahrplan einluden«, wird er zu einem gelegentlich unangenehm auffallenden Gaffer, der selbstvergessen weiblichen Reizen nachsinnt. Den Frauen gegenüber verhält er sich ähnlich wie gegenüber den Dingen: als Ingenieur mit dringlichem Verbesserungsbedürfnis. Das macht ihn nicht unbedingt sympathisch.

Die erlebte Sexualität kann mit den Utopien nicht mithalten – da geht es ihr ähnlich wie dem Politischen. Die Beziehung zu Dana, einer älteren Familienfreundin, ist eher ungewöhnlich. Dana arbeitet als Bildhauerin in einem kleinen Haus auf dem Land, in dem sie auch ein Sanatorium für verletzte Tiere unterhält. Ihr Haushalt ist von Dreck, Verwesung, Ungeziefer und Fäulnis gezeichnet. Für Georg ist das kein Grund, sich bei dem in der Küche vollzogenen Koitus zu ekeln. Und wenn schon: Ekel ist etwas Begrüßenswertes. Ekel dient niemals der Abwendung, sondern ganz im Gegenteil der konzentrierten Aufmerksamkeit. Alles Unappetitliche betrachtet Georg wie einen Komposthaufen als »Lieferant von Nährstoffen«. Wenn Geschichte physiologisch verstanden wird, kommt es auf die Kompostierung an.

So ist auch das erzählende Erinnern eine Art Gärungsprozess, also ein Zersetzungsvorgang. Das ist naturgemäß subversiv, ohne Erklärungen oder gar Psychologie zu benötigen, und bringt eine angenehm sachliche Betrachtungsweise von Menschen und Dingen mit sich. »Ich erweiterte mein Seelenleben vorsorglich auf die Dinge selbst«, erklärt Georg, was dazu führt, dass er dauernd damit beschäftigt ist, »die Umwelt in der Phantasie zu reparieren«. Georg ist als Erzähler ein Ingenieur mit technischem Spezialinteresse. Vielleicht ist es das, was Jan Faktor meint, wenn er seinen Georg behaupten lässt, Prosaschreiben interessiere ihn nicht. Als Ingenieur haut er auf die Wörter nicht einfach drauf, sondern benutzt sie als Werkzeuge zur Verbesserung der eigenen und der allgemeinen, so viele Sorgen machenden Geschichte. Stalins Wort von den Schriftstellern als »Ingenieuren der Seele« bekommt damit eine neue, geradezu humane Bedeutung.

Pavel Janáček • Vladimír Karfík • Jitka Nešporová

Obskure Sachlichkeit

Rundfunkgespräch über Jan Faktors Roman *Georgs Sorgen* im tschechischen Radio 2016

Von Jan Faktor wurde ins Tschechische bislang nur der Roman *Georgs Sorgen um die Vergangenheit oder Im Reich des heiligen Hodensack-Bimbams von Prag* (2010) übersetzt. In Prag erschien er 2015 im Verlag Plus unter dem verkürzten Titel *Jiříkovy starosti o minulost*. In wichtigen Medien erschienen daraufhin sehr positive, auch umfangreiche Kritiken; die bemerkenswerteste Würdigung erfuhr der Roman erst etwas später in einer Sendung des Rundfunksenders Vltava, im Februar 2016. Der Moderator Pavel Janáček, der auch Direktor des Literaturinstituts an der Tschechischen Akademie der Wissenschaften ist, entschloss sich überraschenderweise, über den in Deutschland geschriebenen Roman von Jan Faktor in seiner Sendung »Das Wort über Literatur« (Slovo o literatuře) mit zwei Literaturkritikern – Jitka Nešporová und Vladimír Karfík – zu diskutieren. Im Folgenden wird das von Jan Faktor ins Deutsche übersetzte und zum Abdruck bearbeitete Gespräch verkürzt wiedergegeben. Die Endfassung dieses Textes wurde den Beteiligten zur Einsicht und Autorisierung vorgelegt.

Pavel Janáček: Meine Reihe »Das Wort über Literatur« wird in der Regel Neuerscheinungen tschechischer Literatur gewidmet. Bei dem heutigen Gespräch werden wir uns eher in einen Grenzbereich begeben – der Autor Jan Faktor wurde zwar in der Tschechoslowakei geboren, lebt aber schon lange in Deutschland. Und den Roman, über den wir heute sprechen werden, hat er ursprünglich auf Deutsch geschrieben. Außerdem hat dessen tschechische Neufassung von 2015 nicht er allein erstellt, sondern er hat bei der Übertragung mit einem renommierten Übersetzer zusammengearbeitet, mit Radovan Charvát. Es ist also etwas fraglich, ob der Roman überhaupt in diese Sendung gehört. Meiner Meinung nach ist literarische Identität aber nicht ausschließlich eine nationale – und so kann ein Autor ein tschechischer wie auch ein deutscher, ein Prager wie auch ein Berliner Autor sein. Jan Faktor wurde 1951 in Prag geboren, siedelte 1978 zu seiner Frau nach Ostberlin über und begann dann erst etliche Jahre später auch auf Deutsch zu schreiben. Allerdings ohne die Möglichkeit, seine experimentelle, provokative Lyrik offiziell publizieren zu können. Seine Texte vom Anfang der 80er Jahre sind in der DDR erst 1989 in der Reihe »Außer der Reihe« im Aufbau-Verlag erschienen, wie auch die Bücher von Faktors Dichterkollegen aus dem Kreis der sogenannten Prenzlauer Berg-Szene. Erst ab der Jahrtausendwende begann Jan Faktor ernsthaft Prosa zu schreiben. Und im Jahre 2010 ist schließlich sein bislang erfolgreichster Roman erschienen, über den wir heute sprechen werden. Im Grunde ist es tatsächlich ein tschechisches, in Prag angesiedeltes und außerdem stark autobiographisch geprägtes Buch. Es handelt von einer Kindheit und Jugend im damaligen Sozialismus, handelt vom frühen Erwachsenwerden in den sechziger und siebziger Jahren des zwanzigsten Jahrhunderts.

Die tschechische Neufassung des Romans umfasst jetzt, dank einiger radikaler Kürzungen, zwar »nur« 500 Seiten, es ist aber trotzdem ein ordentliches Stück Literatur. Und obwohl es literarisch keine ganz einfache Lektüre ist, erregte der Roman in Tschechien sehr viel Aufmerksamkeit. Er hat sich in der breitangelegten Umfrage unter Kulturschaffenden – ausgerichtet von der Zeitung Lidové noviny – überraschend weit oben platziert. Faktors Eintritt in die tschechische Literatur wurde vor allem aber durch die hohe Wertschätzung der tschechischen Literaturkritik begründet. Auf dem Webportal iLiteratura.cz konnten wir in der Kritik von Jakub Ehrenberger beispielsweise lesen, Faktors Roman würde »die Geschichte der tschechischen Gegenwartsliteratur neu schreiben«. Ob dem wirklich so ist, dazu würden sich meine beiden Gäste heute sicher auch äußern wollen. Jitka Nešporová ist nicht nur Redakteurin der deutschsprachigen Sparte der oben erwähnten Literaturzeitschrift, sondern auch Germanistin, und so wird sie zusätzlich etwas zur deutschen Originalfassung des uns vorliegenden Romans sagen können.

Mein zweiter Gast ist der Literaturkritiker und Historiker Vladimír Karfík, der früher Redakteur der seinerzeit sehr bekannten Zeitschrift des Literaturverbandes Literární noviny war. In derselben literarischen

Wochenschrift war bis zur Okkupation von 1968 auch Jan Faktors Mutter beschäftigt. Kurioserweise spielen diese Zeitung und ihre Redakteure im Roman *Georgs Sorgen um die Vergangenheit* eine gewisse Rolle.

Vladimír Karfík: Es ist natürlich sehr emphatisch zu behaupten, ein Roman würde die Geschichte unserer Gegenwartsliteratur neu schreiben. An diesem Roman sind aber tatsächlich mehrere Momente wichtig und bedeutend – und nicht nur die Frage, inwieweit er in unsere Literatur gehört. Meiner Meinung nach gehört Faktors Roman in die tschechische Literatur viel mehr als zum Beispiel die Romane von Milan Kundera. Schon aufgrund des klaren »Domizils«.

Jitka Nešporová: Ich muss eingangs klarstellen, dass meine Leseerfahrung sich vor allem auf die deutsche Fassung des Romans stützt. Und die Lektüre war ehrlich gesagt berauschend.

Pavel Janáček: Und was genau hat bei der nicht ganz einfachen Lektüre Ihr Interesse wachgehalten? Der Roman ist doch das genaue Gegenteil dessen, wonach heutzutage verlangt wird – man ruft eher nach knapp gefasster, einprägsamer und gut verdaulicher Prosa. Wie ließe sich der Kern des Romans charakterisieren?

Jitka Nešporová: Mich haben vor allem die Lebendigkeit dieser Prosa und auch ihre sprachlichen Qualitäten beeindruckt. Außerdem musste ich mich immer wieder fragen, wie weit ein Autor bei bestimmten Themen überhaupt gehen kann. Damit hing auch die Frage des, sagen wir, »angemessenen« Tons zusammen – also wie unernst man über sehr ernste Dinge sprechen dürfe.

Pavel Janáček: Wenn Sie über das Überschreiten gewisser Grenzen sprechen, meinen sie eher die Schilderungen von Sexualität oder diejenigen von heiklen Familienangelegenheiten? Oder geht es Ihnen eher um den üppigen Aufbau des Romans, um das schiere Ausmaß der für den Roman typischen, sehr detaillierten Beschreibungen – oder geht es Ihnen vielleicht um seine politische Kompromisslosigkeit?

Jitka Nešporová: Im Grunde meine ich das alles zusammen – aber auch wie alle diese Momente miteinander verflochten werden. Bei der Lektüre fällt einem natürlich bald auch auf, mit welcher Vorliebe sich der Autor beispielsweise mit Ekelerlebnissen beschäftigt, sich diversen Schilderungen des Zerfalls und Niedergangs widmet. Und abgesehen von der Offenheit, mit der er zum Beispiel sexuelle Szenen schildert – an seinem Text überraschen einen auch die immer neuen sprachlichen Manipulationen. Die innovative Wortäquilibristik hält das Interesse also zusätzlich wach.

Pavel Janáček: Sprachlich ist der Roman, da haben Sie recht, sehr expressiv – eindeutig auch in der tschechischen Fassung.

Jitka Nešporová: Es war natürlich einer der Gründe für den Erfolg dieses Romans in Deutschland, und es war kein Zufall, dass er es auf die Shortlist des Deutschen Buchpreises geschafft hatte – also ins Finale der besten Bücher des Jahres 2010. In vielerlei Hinsicht ist der Roman vollkommen untypisch.

Pavel Janáček: Der Sprache wird im Roman tatsächlich viel Gewalt angetan, wenn auch streng kontrolliert … Und was hat Vladimír Karfík bei der Lektüre des Romans »wachgehalten«?

Vladimír Karfík: Natürlich die Lebendigkeit der Sprache, und die ist in der Tat ungewöhnlich. Ungewöhnlich auch hinsichtlich der Metaphorik, die sich lexikalisch regelmäßig des naturwissenschaftlichen Vokabulars bedient. Im Text werden einfach völlig unerwartet literaturferne Fachtermini verwendet. Man ist zwar erstmal überrascht, misstrauisch, merkt dann aber bald, wie gut es funktioniert. Diese Art von Metaphern sprechen einen wie, sagen wir, lexikalische Querschläger an. Und auch wenn ich auf manche Passagen durchaus verzichten könnte – für mich hätte der Roman ruhig noch länger sein können. Er endet für mich gewissermaßen nicht, diese Jugend ging doch noch weiter – aber wie? Wobei ich bei diesem Roman lieber von einer pseudobiographischen Gesamtkonzeption sprechen möchte. Das Fabulieren hebt den Hauptthelden einfach weit weg von der nackten Realität, vermengt seine Geschichte mit der Tragik von ausgesprochen grotesken Figuren – wie der des Onkels namens ONKEL, der am Ende auf eine absurd-tragische Weise umkommt.

Pavel Janáček: Ein gewisses Ende hat die Geschichte meiner Meinung nach doch. Die individuelle Biographie des Helden, also seine Lehrjahre, gehen im Roman zu Ende, und was beginnt, ist sein Erwachsenendasein. Die hier doch vorhandenen autobiographischen Inhalte werden bei uns in Tschechien ganz bestimmt viel stärker wahrgenommen – also genauer erkannt – als in Deutschland. Den Text durchziehen und beleben nämlich etliche konkrete Realien aus der literarischen und intellektuellen Wirklichkeit Prags der sechziger und siebziger Jahre. Man erkennt wichtige Figuren wie den blinden marxistischen Philosophen Klement Lukeš wieder, Protagonisten wie Eduard Goldstücker werden sogar namentlich genannt, die Schriftstellerin Libuše Moníková und ihre Brüder, die in der gleichen Gegend wie Jan Faktor aufwuchsen, kommen vor. Und eins muss man sich auch noch klarmachen: Die Wochenzeitung Literární noviny, in der 1968 beispielsweise das berühmte Manifest der 2000 Worte von Ludvík Vaculík erschien, war im Grunde das intellektuelle Zentrum der damaligen Reformbewegung. Wie authentisch wirken auf Sie, Herr Karfík, die Schilderungen des damaligen literarischen Milieus, zu dem Sie als Redakteur nun mal gehörten?

Vladimír Karfík: Die meisten Figuren habe ich sofort erkannt. Und es wird deutlich, dass hier Faktor viel weniger fabuliert als dort, wo es um ihn selbst oder um seine Familie geht. Was die Atmosphäre der damaligen Zeit betrifft, ist sie im Buch erstaunlich authentisch erfasst. Ich hatte jedenfalls nirgends das Gefühl, der Autor würde übertrieben stark in die Fiktion abheben.

Pavel Janáček: Sie haben die Mutter von Jan Faktor gekannt. Ihren Sohn auch?

Vladimír Karfík: Natürlich habe ich seine Mutter sehr gut gekannt, wie viele andere auch. Wir beide hatten in der Redaktion eng zusammengearbeitet, in anderen Zusammenhängen im Grunde bis in die neunziger Jahre. Ich kenne außerdem auch die kuriose Wohnung, in der der Roman spielt. Allerdings nicht die ganze – also auch nicht alle Vorbilder der im Roman angeführten Figuren. Es sollen an die dreizehn Tanten, Damen aus der Verwandtschaft und diverse Großmütter sein. Viele davon gehören, nehme ich an, eher in Faktors fiktionales Panoptikum. Den einzigen erwachsenen Mann, den Onkel, gab es dort natürlich. Und den Sohn von Franzi Faktorová selbstverständlich auch.

Pavel Janáček: Soviel ich weiß, hat Jan Faktor etliche Tanten, die irgendwann früher oder ganz woanders gelebt haben, in diese eine Wohnung einfach kurzerhand angesiedelt – das Familiengeflecht dramaturgisch geschickt »verdichtet«.

Vladimír Karfík: Da haben Sie sicher recht, ganz so riesig war die Wohnung doch wieder nicht. Noch ein Wort zu Faktors bewundernswert sinnlicher Wahrnehmung der damals sehr tristen Prager Verhältnisse. Ich bin mir nicht ganz sicher, ob er das Erleben von Zerfall, von überall stattfindenden, stinkenden Gärungs- und Fäulnisprozessen wirklich genießt. Mich hat einfach beeindruckt, was für eine wache und eher neutrale Sensibilität er für alle diese Dinge entwickelt hat. Die Nekrophilie des Prager Niedergangs wird im Roman dementsprechend eindrücklich beschrieben, und es ist sicher kein Zufall, dass es Jan Faktors langgehegter Wunsch war, Prag irgendwann den Rücken zu kehren.

Pavel Janáček: Kennen Sie auch etwas aus Faktors literarischem Schaffen von früher, also aus seinen Anfängen in den siebziger Jahren? Konnte man es damals verfolgen?

Vladimír Karfík: Seine Mutter Franzi hat mir wiederholt lose Manuskriptseiten seiner kurzen Texte, Gedichte gebracht – zur Begutachtung sozusagen. In einem ist sich Faktor treu geblieben: Seine damaligen Arbeiten waren auch sehr expressiv und außerdem absolut nicht dazu gedacht, konventioneller Leserschaft zu gefallen – oder sogar offiziell publiziert zu werden. Und Faktor tendierte schon damals zum Experiment, gewissermaßen auf den Spuren des viel älteren Jiří Kolář, der schon lange ein bekannter Dichter war. Später in den achtziger Jahren habe ich auch einige deutsche Texte von Faktor in die Hände bekommen. Wie er den Übergang von der experimentellen Lyrik zur Prosa gemeistert hat, ist bemerkenswert. Dass er sich jetzt so expressiver Metaphorik bedient, ist meiner Meinung nach kein Zufall.

Pavel Janáček: Sicher auch kein Zufall, dass Faktor mit der Sprache – als ein ausgebildeter Programmierer wohlgemerkt – gewissermaßen »kombinatorisch« umgeht. Uns geht es hier zwar um einen einzigen Roman, der allerdings eine doppelte Heimat hat und der in zwei Versionen vorliegt. Die tschechische hat knapp 500 Seiten, die deutsche weit über 600. Wir sollten darüber sprechen, was *Georgs Sorgen* mit der deutschen literarischen Tradition und mit den dazugehörigen Erfahrungen seines Autors verbindet. Ließe sich hier in diesem Sinne etwas herauslesen? Könnte ein germanistischer Blick diesen Punkt etwas erhellen? Kann man beispielsweise sagen, dass *Georgs Sorgen* den Erwartungen der deutschen Leser auch aus dem Grund entsprechen, weil der Roman deutsche Genre-Vorstellungen bedient, sich also eher in die Tradition des sogenannten Entwicklungsromans einfügt als hier bei uns? Weist zum Beispiel die dort geschilderte Geschichte irgendwelche Codes aus, die ein gewisses »Deutschsein« des Romans ausmachen?

Jitka Nešporová: Das kann man durchaus so sagen. Und ich könnte diese These mit etlichen Reaktionen der deutschen Literaturkritik belegen, die den Roman klar den von Ihnen genannten Genres zuordnete. Er wurde u.a. auch als ein Bildungsroman oder ein Coming-of-age-Roman bezeichnet. Aber auch als politischer Antiroman. Allerdings haben die deutschen Rezensenten wiederum verstärkt nach Bezügen zur tschechischen Literatur gesucht, nach Ähnlichkeiten mit der Literatur anderer Nachbarländer.

Pavel Janáček: Was könnten die Unterschiede sein? Was wird beispielsweise in der deutschen Gegenwartsliteratur besonders geschätzt? Wie anders ist die Art, wie sich dort Schriftsteller ihren Themen stellen?

Pavel Janáček: In Deutschland scheint eine große Rolle zu spielen, wie offen und ehrlich, auch zu sich selbst, die jeweiligen Autoren sind. Und ungeschützte Offenheit ist ein ganz auffälliges Merkmal gerade dieses Romans. Dies könnte man als eine Seite von dessen literarischer Beheimatung in Deutschland sehen.

Pavel Janáček: Die tschechische Literaturkritik ist in einem Punkt, könnte man sagen, gespalten. Man fragt sich, wie weit Prosa überhaupt gehen und welcher Mittel der experimentellen »Gewalt« sie sich bedienen sollte; man sieht hier gewissermaßen die Gefahr, ein solcher Roman könnte auch in eine selbstgestellte Falle tappen. In diesem aber, von dem wir sprechen, wird mit der Sprache mit Erfolg konstruktivistisch gearbeitet – ohne zum Beispiel die Umgangssprache zu benutzen, ohne irgendwelche bemühte Slanganleihen. Gleichzeitig konstruiert er, egal auf was für eine eigetümliche Art, nichts im üblichen Sinne des Wortes Lyrisches. Wird eine derartig innovativ daherkommende Literatur in Deutschland mehr geschätzt als bei uns? Wird im deutschen

Sprachraum eher verlangt, dass die Romane ihre eigene Sprache mitbringen und sich so von anderen abgrenzen?

Jitka Nešporová: So ausgeprägt sind die Erwartungen nicht unbedingt, es gibt viele erfolgreiche Romane, die völlig konventionell geschrieben sind. Dieser Roman von Faktor wurde deswegen so positiv aufgenommen, denke ich, weil er den Lesern in dieser Hinsicht einfach eher entgegenkommt. Bei den früheren, rein experimentellen Arbeiten war es nämlich völlig anders herum. Die einzige größere Zugangshürde, meint eine Kritikerin, sei hier der unendlich lange obszöne Titel, den sich außerdem niemand merken könne. Im Grunde ist diese Art Hürde eine Art Residuum, ein Verweis darauf, wie destruktiv Faktor mit der Sprache früher umging, wie unkonventionell bis publikumsfeindlich er als Performer in der Ostberliner Künstlerszene agierte. Seine eher für den lauten Vortrag gedachten, endlosen Texte sollten die Zuhörer erklärtermaßen sogar abstoßen. In einem Interview hat mir Jan Faktor mal anvertraut, dass sein allererster Roman, den er zu Ende gebracht hatte, geradezu absichtlich lesefeindlich geschrieben war. Faktor wollte die Leser mit übertrieben komplizierten Satzkonstruktionen regelrecht ärgern. Kein Wunder, dass diesen Roman niemand drucken wollte. Schon sein Titel war an sich abschreckend genug: *Epiker an Georgs Seite beim Stauen des Gesprächsflusses.*

Pavel Janáček: Als der Roman *Georgs Sorgen* übersetzt, angepasst und massiv, wie ich mitbekommen habe, gekürzt wurde – was ist dabei weggefallen? Eher Passagen, die die Prager Realien aus der damaligen Zeit betrafen, in denen also ihr Kontext den deutschen Lesern hatte erläutert werden müssen? Oder etwas anderes?

Jitka Nešporová: Das ist nur teilweise nötig gewesen. Viele Sprachspiele, zum Beispiel diejenigen mit Komposita, sind im Tschechischen nicht möglich, und Faktor bildet viele unübliche Neologismen, in dem er technische oder völlig abstrakte Wörter mit emotional stark geladenen Ausdrücken kombiniert. Wenn dies einigermaßen adäquat übersetzt werden sollte, könnte es im Tschechischen nur aufgeblasen, unnatürlich, gewollt bis peinlich wirken – so haben sich Jan Faktor und Radovan Charvát dazu ihrerseits geäußert. Die nötige Transformation der sprachlichen Wucherungen und üppigen Satzkonstruktionen, die im deutschen Original dank eines gewissen spielerischen Witzes gut funktionieren, wurde durch serielle Aneinanderreihung der entsprechenden Ausdrücke und Elemente gelöst. Weil dadurch der Text allerdings eher anwachsen würde, wurden etliche zu üppige Beschreibungen einfach stark verknappt, kleine Nebenepisoden weggelassen, ein ganzes Kapitel über einen skurrilen, für die Handlung aber unwichtigen Hausbewohner wurde sogar ganz gestrichen.

Pavel Janáček: Und was verbindet Faktors Prosa nun mit der tschechischen Literatur? Ich persönlich musste an die Tradition der tschechischen Groteske denken. Schon die Wohnung, in der der Junge von bis zu dreizehn weiblichen Personen umgeben ist, wirkt wie irgendein groteskes Naturphänomen. Was meinen Sie, Herr Doktor Karfík – ist da etwas typisch Tschechisches an *Georgs Sorgen*?

Vladimír Karfík: Es ist eindeutig eine Groteske, vieles an dem Roman wirkt jedenfalls so. Es sind aber eindeutig Grotesken, die auf Realien beruhen, also keine rein fiktionalen Gebilde. Es werden dort auch völlig gegensätzliche Dinge gewissermaßen summarisch zusammengetan, sodass sie dann grotesk erscheinen müssen. Charakteristisch, exemplarisch ist hier die schon erwähnte überbelegte Wohnung. Und mich hat bezeichnenderweise die Entwicklung des Jungen und jungen Mannes begeistert, also die Art, wie sie im Roman beschrieben wird. Er wächst zwischen diesen vielen Frauen auf, und die erotische Anziehung aufgrund der Präsenz dieser Wesen ist nicht nur ständig da, sie steigert sich sogar. Der junge Mensch spürt dauerhaft eine Art erotisches Fluidum in der Wohnung. Gleichzeitig ist in den Schilderungen nichts gewollt Poetisches, manche Passagen wirken eher wie sachlich verfasste wissenschaftliche Darstellungen. So gesehen würde ich diese Prosa schon als eine Art Bildungsroman bezeichnen, in diesem Fall haben wir hier im Tschechischen leider eine gewisse terminologische Lücke. Also steht bei Faktor einiges doch unter dem Einfluss der deutschen Literatur, in puncto Sachlichkeit beispielsweise, und ihn treibt außerdem eine regelrechte, mit vielen Tabubrüchen gepaarte »Benennungswut« an. Mit Tabubrüchen spielt man in der tschechischen Literatur natürlich auch gern, es handelt sich dann aber eher um intendierte oder auch direkt adressierte Provokationen. Faktor nimmt dagegen einen Umweg über seinen Umgang mit der Faktizität.

Pavel Janáček: Wir haben gerade angefangen, nochmals über Sexualität und Erotik zu sprechen, die im Roman eine große Rolle spielen. Es gibt dort auch ziemlich gewagte Schilderungen von Sexualität. Ich denke besonders an die Begegnungen mit der Geliebten in ihrem Landhaus voller versehrter Tiere. Sogar der Titel des deutschen Originals ist ausgesprochen provokativ. Im Grunde bildet die Erotik eine Art optischen Filter, denke ich, durch den die vielen Geschichten, diese Prager Welt von damals, gesehen werden. Und so stellt sich hier schließlich das Analytisch-Technische der rationalen Welt – als eine Art Gegenpart – der menschlichen-animalischen, von Trieben gesteuerten Welt entgegen. Oder sollte man in diesem ganzen Komplex doch lieber einen Verweis, sozusagen einen Rückgriff auf die Früchte der sexuellen Revolution der sechziger Jahre sehen?

Vladimír Karfík: Ich denke nicht ... auf keinen Fall. In Faktors Haltung steckt einfach grundsätzlich etwas Provokatives. Und das, was einen beim Lesen anfällt oder sogar schockiert, liegt dann in der Sprache selbst, in der sprachlichen Gestalt des Romans, seiner obskuren Sachlichkeit sozusagen. Er nähert sich auch anderen körperlichen Dingen ausgesprochen sachlich – und er kommt in seiner Entwicklung nun mal vom experimentellen,

»konkreten« Schreiben. Dieser Zugang über die Sprache scheint seinem Blick inhärent zu sein. So sieht er auch die Stadt, die Gesellschaft, und man ist beim Lesen gezwungen, sich auf diesen Code einzulassen. Und wenn man das tut, löst sich die oft auch etwas vordergründige Laszivität des Textes sehr schnell auf.

Jitka Nešporová: Natürlich muss man noch bedenken – und das kennen wir auch von anderen tschechischen Autoren –, dass die Sexualität damals ein Bereich von Freiheit war, in dem man sich von der stickigen gesellschaftlichen Atmosphäre nicht hat übermäßig stören lassen. Und die Politik bekam diesen Bereich nicht in den Griff, sie hätte es sowieso nicht geschafft.

Pavel Janáček: Das jüdische Thema des Romans dürfen wir hier auf keinen Fall außen vor lassen. Das für die Entwicklung des Autors prägende Milieu hat einen direkten Bezug zur Shoah. Wie weit wird dieser Hintergrund mit der Prager Thematik verknüpft?

Vladimír Karfík: Wir haben bereits über das Groteske im Roman gesprochen. Und das Groteske zeigt sich auch im Zusammenhang mit diesem schmerzhaften Thema. Hier einfach von Humor im üblichen Sinn zu sprechen, wäre unangebracht. Dazu sind die angeführten Schicksale und Brüche der Biographien zu tragisch und auch die entsprechenden Beschreibungen zu drastisch. Ein Beispiel: Die Großmutter schaut vor den Toren von Auschwitz aus dem hoch gelegenen Fenster des Viehwagons und sagt: »Hier wird es gut sein.« Auch das Kapitel, in dem der Autor mit seiner Mutter eine Reise zu dem Ort in Polen unternimmt, in dessen Nähe sich eine Munitionsfabrik mit einigen dezentral gelegenen Konzentrationslagern befand. Für mich ist das der Höhenpunkt des Romans, beispielsweise Franziskas irrationale Flucht vor den DDR-Grenzern, die in naziähnlichen Uniformen steckten. Da musste ich viel lachen, wobei die ganze Reise, wie ich jetzt weiß, so nie stattgefunden hat.

Pavel Janáček: Könnte man, Frau Nešporová, Jan Faktor – mit etwas Übertreibung – als einen tschechischen Autor der neuen deutschsprachigen Literatur bezeichnen? Knüpft er sozusagen an die Tradition der Prager jüdischen Literatur an?

Jitka Nešporová: Die Frage ist, wie weit wir den Begriff fassen möchten. Ich würde mich gern der Meinung einer deutschen Rezensentin anschließen, die im Roman den Einfluss von Friedrich Torbergs *Die Tante Jolesch* sieht. Torberg, der sich als ein jüdisch-tschechischer Österreicher empfand, sein Vater kam aus Prag, brachte das Anekdotische zur Perfektion, und er kann hier durchaus als eine Inspirationsquelle für Faktor gesehen werden.

Vladimír Karfík: Wobei Torbergs Prosa ohne die Rohheit und Derbheit auskommt, die für Faktor charakteristisch ist.

Jitka Nešporová: Natürlich kommt bei Faktor alles auch thematisch aus einer ganz anderen Zeit. Bei dem Vergleich geht es, denke ich, eher um äußere Merkmale, um den Ton dieser Prosa und um Atmosphärisches.

Vladimír Karfík: Wenn ich mir das nochmal und ehrlich überlege, gehört für mich Faktors Roman doch eher zur tschechischen Literatur – also wenn man unbedingt nach einer Tradition suchen möchte. Die jüdisch-deutsche Prager Tradition wurde für viel zu lange Zeit und zu drastisch unterbrochen.

Pavel Janáček: Wie dem auch sei, wir haben Faktors Roman in der heutigen Sendung des Tschechischen Rundfunks »Das Wort über Literatur« von allen möglichen Seiten beleuchtet und können ihn mit gutem Gewissen, glaube ich, zu einem auch tschechischen Roman erklären. Auf alle Fälle möchte ich mich bei meinen heutigen Gästen ganz herzlich bedanken – bei Jitka Nešporová von der Zeitschrift iLiteratura.cz und dem Literaturkritiker und -historiker Vladimír Karfík – und freue mich mit den beiden und auch mit den Zuhörern der Sendung auf die Fortsetzung meiner Gesprächsreihe.

Wiebke Porombka

Das Driften zwischen Ordnung und Unordnung in Jan Faktors *Trottel*

Im Frühjahr 2010 – er war damals mit seinem Roman *Georgs Sorgen um die Vergangenheit oder Im Reich des heiligen Hodensack-Bimbams von Prag* für den Preis der Leipziger Buchmesse nominiert – rief Jan Faktor in einem Gespräch, das er mit Jan Kuhlbrodt für den Leipziger Poetenladen führte, sich seine schriftstellerischen Anfänge ins Gedächtnis. Konkret einen Text, der seinerzeit unveröffentlicht bleiben sollte.

> »Dieses unglückselige Stück Prosa hieß Epiker an Georgs Seite beim Stauen des Gesprächsflusses. Ich wollte darin detailliert nur reale Erlebnisse und Begegnungen beschreiben, Dinge zu erfinden empfand ich immer noch als unanständig. Der Text ist wegen seiner hypertrophierten Detailbesessenheit leider unlesbar. Zum Teil wollte ich die Leser mit Spitzfindigkeiten sowieso eher gezielt quälen.«[1]

Bemerkenswert ist diese Selbstbeschreibung Faktors in verschiedenerlei Hinsicht auch mehr als ein Jahrzehnt später, und das nicht zuletzt mit Blick auf seinen jüngsten Roman *Trottel* – dessen lakonischer Titel gemeinsam mit dem knappen *Schornstein* einen Konterpart zu den mäandernden Wortketten einnimmt, die der Name Georg in Titeln Faktors zwangsläufig nach sich zu ziehen scheint. Als da wären: *Georgs Versuche an einem Gedicht und andere positive Texte aus dem Dichtergarten des Grauens* (1989), *Henry's Jupitergestik in der Blutlache Nr. 3 und andere positive Texte aus Georgs Besudelungs- und Selbstbesudelungskabinett: Texte, Manifeste, Stücke und ein Bericht* (1991), *Die Leute trinken zuviel, kommen gleich mit Flaschen an oder melden sich gar nicht oder Georgs Abschiede und Atempausen nach dem verhinderten Werdegang zum Arrogator eines Literaturstosstrupps: Körpertexte, Sprechtexte, Essays* (1995) und zuletzt jener für den Preis der Leipziger Buchmesse nominierte Roman *Georgs Sorgen um die Vergangenheit oder Im Reich des heiligen Hodensack-Bimbams von Prag*.

Leicht verschoben und dabei zugleich durchaus pointiert weist Faktor im Gespräch mit Kuhlbrodt auf ein Prinzip widerständigen Schreibens hin, das er praktiziere und das in der DDR als Mittel ästhetischer Opposition und Provokation unmittelbar einleuchtet: Offenkundig hat sich, wenngleich in moderater Form, diese Opposition gegen Verwertungslogiken bis heute in Faktors Poetik bewahrt. Zwar sind seine Romane keinesfalls so unlesbar, wie er das für den ersten Romanentwurf behauptet. Das beständige Hakenschlagen, nicht das Stauen des Gesprächsflusses, sondern im Gegenteil der beständige Dammbruch, das in Seitenarmen Weiterrinnende aber bleibt Faktors Verfahren auch in *Trottel*:

> »Aber ich nerve jetzt schon wieder mit irgendwelchen Details und kleinlichen Vorgängen wie dem Punzieren. Ich werde mich diesem meinem Erzähldriftdrang aber trotzdem nicht immer widersetzen können, fürchte ich.« (S. 30)

Diese Befürchtung wird an verschiedenen Stellen bestätigt. Gestaut werden kann der Gesprächsfluss hier nur zwischenzeitlich:

> »Erzähle ich zu viel Überflüssiges – oder sogar den reinen, unsauber randomisierten Unsinn? Das könnte der eine oder andere Begappte, Begrabbelte oder Graubegraulte vielleicht meinen. Dabei bremse ich mich – bei diesem konkreten *Lab-Project* auf jeden Fall – relativ brav und schreibe nur einen Bruchteil dessen auf, was mir so durch den Kopf geht.« (S. 135)

Dass Faktor diesen Erzähldriftdrang durch Blurb-Imitationen auf den Buchinnenseiten rahmt, persifliert und ironisiert einerseits die dem Literaturbetrieb eigenen Verwertungslogiken, die jahrelange Schreibarbeit und komplexeste Inhalte auf Zweisatzwertungen zusammenschnurren lassen. Andererseits aber kann man die vorweggenommenen Kurzkritiken auch verstehen als

Ansinnen des Autors, zwar nicht die Auswüchse der eigenen Fabulierlust zu bändigen, aber immerhin doch die Lesenden in gewisser Weise zu wappnen, die Aufmerksamkeit für jene neuralgischen Punkte zu schärfen, von denen die Drift ihren Ausgang nimmt und zu denen die Erzählbewegung immer wieder zurückkehrt. Vor allem für das eine und wesentliche Ereignis: den Tod des Sohnes.

Diesen Glut- und Schmerzkern des Romans, dem Faktor wiederum auch nur durch eine spezielle Form der Sprachdrift begegnen kann: das Verschieben des Existenziellen ins Sprachrepertoire des Albernen. So lautet einer der in unterschiedlicher Typographie gesetzten Blurbs:

> »Schizophrene Mitbürger flapsig als Trottel zu bezeichnen, ist natürlich gewagt, allerdings nicht ganz falsch. So wie es generell die volkstümlichen Zuschreibungen für die Verrücktgewordenen auch nicht sind. Das Lektorat hat es hier allerdings versäumt, diesbezüglich auf ausreichende Stringenz zu achten.« (Vorsatz)

Hier wird ausgesprochen, was im Roman in dieser Direktheit nicht erfolgen kann. Zugleich wird durch die übergangslose Maßregelung des Lektorats die womöglich notgedrungen unangemessene Haltung der Rezeption offenkundig, in der das Existenzielle, der Suizid des Sohns infolge seiner psychischen Erkrankung, auf eine textinhärente Logik heruntergebrochen wird.

Es muss diesen beiden Aspekten dabei nicht widersprechen, dass in dem Spiel mit den Blurbs zugleich ein Selbstkommentar Faktors liegt, der in dem eingangs zitierten Gespräch mit Jan Kuhlbrodt auch über seinen von Wegbegleitern kritisch beäugten Weg in den Literaturbetrieb Auskunft gibt:

> »In den Augen meiner ehemaligen Freunde, war ich – eine Zeitlang jedenfalls – so etwas wie ein Verräter, einer, der sich dem Buchmarkt angepasst hat. Vor etwa zehn Jahren habe ich einen Essay für TEXT + KRITIK über diese Haltung geschrieben – der Text heißt ›Warum aus uns nicht geworden ist‹. Wir waren vor 1989 alle grundsätzlich gewöhnt, um jeden Preis unangepasst zu arbeiten, gegen etwas anzuschreiben. Und man leitete daraus gleichzeitig auch das Recht ab, Erwartungen der Leute enttäuschen zu dürfen, diese Naivlinge sogar attackieren zu können. Dafür wurde man sogar – als begabter Sprachakrobat eben – noch bewundert. Auch wenn damals auch viel Unreife dabei war – eine Zeitlang war es einigermaßen legitim.«

Aber die vermeintliche Anpassungsbewegung, die Faktor vorzunehmen bereit war und ist, bleibt allenfalls eine graduelle, jedenfalls ironiegesättigte. Beständige Abstoßungsbewegung eingeschlossen.

> »Weil ich aber gelesen werden möchte, muss ich natürlich einige Grundregeln beachten: Nur grund-

> solide Wörter verwenden und in eine grundsolide Abfolge bringen!« (S. 279)

Dies bekundet Faktor im letzten Drittel von *Trottel*, an einem Punkt also, an dem keinerlei Zweifel mehr besteht, dass er auf das eine wie auf das andere relativ wenig Wert legt. Im Gegensatz zu den auf Konsumierbarkeit und Ertrag – sei es in symbolischer oder realer Hinsicht – angelegten Schreibweisen, die er in seinem Umfeld zu beobachten meint:

> »Viele Autoren achten beim Schreiben streng auf das Preis-Leistungsverhältnis, also auf die zu erwartende sogenannte Produktionsqual-Rücklaufsglück-Marge. Das schadet an sich sicher nichts und verletzt auch niemanden. Und wenn einer noch gut formulieren kann, umso besser für ihn. Trotzdem muss jeder auf der Hut sein, um am Schlusspunkt des Leistungserbringungsweges nicht verbittert dazustehen.«

Die Torpedierung von Verwertungslogiken gilt bei Faktor vor dem Hintergrund des westlichen Buchmarkts genauso wie ehedem im sozialistischen Gesellschaftskonstrukt.

Ein weiteres Stichwort aus Jan Faktors poetologischer Selbstauskunft, die eine Vergangenheit markiert, der Schreibgegenwart aber nicht allzu fern zu stehen scheint, ist die Identifizierung des Erfundenen mit dem Unanständigen – hier noch einmal aufgerufen: »Ich wollte darin detailliert nur reale Erlebnisse und Begegnungen beschreiben, Dinge zu erfinden empfand ich immer noch als unanständig.«

Diese Identifizierung hat zwangsläufig ein radikales – und hier wird die Verweigerung der Verwertung ins Gegenteil verkehrt – Ausweiden des eigenen Erlebnishorizonts zur Folge, soll das Schreiben nicht zum Erliegen kommen. Dieses poetologische Postulat kann man dabei münzen auf den bekannten Aphorismus Wittgensteins, demzufolge die Welt alles ist, was der Fall ist. Genauso aber auch auf Adam Thirlwells Charakterisierung des Romans als »Kunstform des Krempels«.[2]

Landläufig Unanständiges wiederum ist in Faktors Roman naturgemäß allemal zu finden. Sei es die Typisierung von Prager Wohnungen der 60er Jahre als systematisch vollgerümpelt und intensiv riechend, seien es bewusste Indiskretionen wie der Hinweis auf die eheliche Angewohnheit, beim Urinieren die Tür des Badezimmers offen stehen zu lassen. Das Gebot des Nicht-Erfindens besteht mindestens als Setzung auch im *Trottel* fort, sodass man – ohne an dieser Stelle einen Exkurs zum fiktiven Gehalt autofiktionalen Schreibens einfügen zu wollen – die Verbindungslinie zwischen Jan Faktor und dem Ich des Textes ebenso wie zwischen dessen Gattin und Jan Faktors Ehefrau Annette Simon relativ knapp bemessen darf. (Insofern werden im Folgenden in hoffentlich plausibler Verkürzung Erzähler und Autor immer einmal wieder gleichgesetzt.) An anderer Stelle heißt es über jene Frau: »Was sie gegen meine angebliche Schamlosigkeit hat, weiß ich nicht genau.« An wieder anderer: »Schämst du dich nicht, den Leuten dauernd solche Dinge über dich zu verraten?, blaffte mich wieder mal meine Frau an.« Allesamt natürlich Lappalien verglichen mit der Frage, ob die Katastrophe, die im Zentrum des Romans steht, in eben dieser aufgedrehten, abdriftenden Weise angemessen zu erzählen ist, ob ein solches Ereignis überhaupt zu erzählen ist – oder ob darin die eigentliche Unanständigkeit von *Trottel* besteht, die durch die kleineren Unanständigkeiten nur kaschiert werden soll.

Die fingierten Blurbs beziehen eindeutige Position:

> »Ist dieser Mensch noch zu retten? Kann es gut gehen, wenn einer ein höchst albernes Buch über den Tod seines eigenen Sohnes zusammenstoppelt? Das Antwortwort heißt eindeutig Nein!« (Vorsatz)

Aber ist nicht auch gleichzeitig das Gegenteil der Fall? Faktors Erzählen der Krankengeschichte und des Suizids des Sohnes sind grundiert von Überlegungen zu Anstand. Selten – das liegt im Faktor'schen Prinzip – ohne dabei von diesen Überlegungen zum Anstand einen handstreichartigen Bogen zu schlagen vom bewusst Banalen oder Kalauernden hin zu der Versehrtheit der Familie. Versehrt ist die Familie Faktors nicht allein durch den Tod des Sohnes, sondern durch die hinter allem liegende Gewaltgeschichte des 20. Jahrhunderts.

> »Ich überlege mir selbstverständlich gut und gründlich, was ich hier über unseren Sohn erzähle. Sonst wäre die Gefahr groß, dass mich meine Frau wieder

> mit irgendwelchen Schuhen bewirft. Wie neulich, als ich meinte, sie hätte als Reichsdeutsche nicht das Recht, einen jüdischen Schriftgelehrten zu Hausarbeiten in Fußbodennähe zu zwingen. Unsere Wohnung war zwar tatsächlich wieder voller Staubmäuse, sie verhielten sich aber wie immer vollkommen passiv.« (S. 97)

Was anständig, was unanständig, was notwendig auszusprechen ist, was tunlichst oder nach Meinung der Frau des Erzählers besser hätte verschwiegen werden sollen, bleibt ein Balanceakt. Ein Balanceakt, der sich bei Faktor nicht als allenfalls leicht schwankende Bewegung darstellt, sondern als beständige, maximal weit ausschlagende Pendelbewegung. Die natürlich immer zugleich auch eine Ausweichbewegung ist.

> »Und ich fühle mich in diesem nämlichen Moment [reflektiert wird die Sprunghaftigkeit des Textes] dazu animiert, mit Ernst Jandl auszurufen: ›Särge schmiert man nicht aufs Brot!‹, auch wenn ich nicht gezwungen werden möchte, dies lauthals zu tun, und auch nicht, diesen Spruch in einen konkreteren Bezug zur Handlung dieses Textes zu bringen.« (S. 79)

Man kann also das Abdriften, das Ausweichen, das Anhäufen nebensächlicher oder auch unnötiger Details, das Faktors Erzählen ausmacht, durch gesellschaftspolitische Prägung erklären bzw. durch den Willen, diese Ordnung zu unterlaufen und zu karikieren: »Das Leben war vorgeplant – vorgeplant schäbig; mein Leben sollte offenbar unbedingt so und nicht anders werden«, heißt es über die Prager Zeit.

> »Und ich war nicht nur grundlos schäbig und angeschabt, ich war schon damals im Grunde so gut wie verhackepetert. Ich steckte in tausend eng abgezirkelten Alltagszwängen und hatte das Gefühl, die Palette der Ausweichrouten wäre für Menschen wie mich längst zusammengefaltet worden.«

Der Ausbruchdrang aus Verhaltensnormen und vorgestanzten Gesellschaftsmustern in der Kunst mag Faktors Schreiben bis zum Tod des Sohnes maßgeblich bestimmt haben. Angesichts dieser Lebenskatastrophe bekommt das Bestehen auf Unordnung eine vollkommen andere Dimension. Wo Ordnung als universelles Prinzip anerkannt wird, da müsste sich der Tod des Sohnes in diese Ordnung fügen. Er müsste *in Ordnung sein.* Und wo es keine übergeordnete Ordnung ist – mag man diese nun Schicksal oder das göttlich Gefügte oder transgenerationale Traumatisierung nennen –, da würde noch die individuelle Handlungssouveränität eine Kausalkette bedeuten, die nicht zu ertragen wäre.

Und so muss Faktor vermeiden, was in den derzeit inflationierenden autofiktionalen Erzählungen regelmäßig vollzogen wird: das Ziehen von Verbindungen und Kausalketten durch die Generationen, jene Identifizierung transgenerationaler Traumata, die eines der wesentlichen heuristischen und damit ordnungsstiftenden

Prinzipien unserer Tage ist. Und so verknüpft er ein Ereignis aus der Verfolgung seiner Familie durch die Nationalsozialisten nicht mit dem Suizid seines Sohnes, obgleich schon ausgesprochen ist, wie dieser erfolgte: durch den Sprung von einem Dach.

> »Als meine sechzehnjährige Großmutter in Theresienstadt aus dem zweiten Stock in den gepflasterten Kasernenhof sprang, passierte es während eines kurzen psychotischen Schubs. Sie hörte schon eine Weile laute Stimmen, die dann plötzlich richtig laut wurden, ihr komplizierte mathematische Rätsel aufgaben und ihr schließlich befahlen zu berechnen, aus welcher Höhe und von wo genau sie springen sollte. Sie sprang dann aus dem linken Drittel einer Fensteröffnung, die am Ende des langen Flurs im nächsthöheren Stockwerk lag. Nachdem man sie einigermaßen zusammengesetzt, eingegipst und dann nach und nach aufgepäppelt hatte, stand sie – nach Wochen, versteht sich – wie runderneuert wieder auf. Und sie brachte sich für die restliche Zeit bei, sich innerlich so weit abzuschotten – auch von der Mathematik – dass sie sogar Auschwitz einigermaßen gut überstand.«

Selbst wenn das Verhältnis von Realitätssättigung und Fabuliergeist, was speziell diese Episode angeht, in der Schwebe bleiben mag: Die Parallele, die sich mit aller Macht aufdrängt, wirkt umso qualvoller, weil sie nicht offensiv gezogen wird. Auch deshalb, weil der Sprung der Großmutter und jener des Enkels diametral entgegengesetzte Folgen haben: Der eine führt aus dem Vernichtungslager mittelbar in die Freiheit. Der andere endet tödlich und erfolgt vor dem Hintergrund einer vollkommen anderen Ausgangskonstellation – einer, in der die Eltern und Freunde ihn zu retten, mindestens zu stabilisieren versuchten während einer langjährigen Krankheitsbiographie.

Wohl weil Faktor Kausalitätsketten, Analogien und Parallelen als Trugschlüsse entlarvt – keineswegs leichterdings, sondern, wiewohl nicht explizit artikuliert, so doch mit dem Unterton der Verzweiflung –, betont er auch sein eigenes »Trotteltum« wiederholt und bereits in den ersten Sätzen des Romans.

> »Die stille Frage meiner Jugend lautete, ob ein Trottel im Leben glücklich werden kann. Und im Grunde war es keine Frage. Um mich herum gab es viele Menschen, die versuchten, mir dies und jenes einzureden – wortlos, versteht sich, einfach durch den Membrandruck ihrer Zuneigung. Sie kannten mich aber nicht, sahen nur meine gesunde Oberfläche. Für mich war meine zukünftige Glücklosigkeit dagegen leicht vorauszusehen. Ich bin als ein Trottel auf die Welt gekommen, bin wie ein Trottel aufgewachsen und musste folgerichtig einer bleiben – zu retten oder gutzureden war da nichts.« (S. 7)

Wenn Faktor nicht nur im unmittelbaren Anschluss seine notorisch gute Laune betont, diese sogar zum

Untertitel seines Romans werden lässt – »Was ist der Grund für meine gute Laune? Einfach alles« – und darüber hinaus ganz basal auch dies: am Leben geblieben ist, dann könnten die Abzweigungen, die die Biographien von Vater und Sohn nehmen, trotz vermeintlich gleicher Ausgangsbedingungen, kaum weiter auseinanderlaufen.

> »Mein Sohn wurde genauso wie ich als Trottel geboren, er kämpfte dagegen ehrenhaft und lange genug unter stark widrigen Vorzeichen – und er hat sich schließlich aus Scham über sein in die Sackgasse geratenes Trotteltum umgebracht.« (S. 9)

Aber wo die Katastrophe einer wie auch immer gearteten Logik folgen würde, blieben nicht einmal Unglück und Kontingenz als Trost.

> »Wenn einer meint, Lebensläufe würden dank einer Verkettung von mehr oder weniger frei gefällten und begründbaren Entschlüssen zusammengehalten, weiß ich nicht, wo er lebt.«

Jan Faktors Erzählen muss deshalb der Ordnung entkommen – auch wenn er durch Fußnoten und in eckige Klammern gesetzte Kapitelnummern eine solche äußerlich simuliert oder sie anzustreben vorgibt:

> »Natürlich würde ich meine Geschichte gern etwas übersichtlicher erzählen als so, wie es mich meine aktuellen Notate vorfürchten lassen.« (S. 15)

Das permanente Produzieren von Unordnung wird zum Überlebensprinzip des Erzählers angesichts der existenziellen Erschütterung.

> »Inzwischen herrscht um mich herum relativ viel Chaos, und meine Geschichte lässt sich sowieso – wenn überhaupt – nur auf eine abanale Weise achronal erzählen. Anders ausgedrückt: Mehr zappelig als in Grenzen wohl.« (S. 15)

Nicht zuletzt entspricht das Erzeugen von Unordnung auch Faktors Postulat des Authentischen:

> »Dass dieser Text einiges an Sprunghaftigkeit bietet, spricht wenigstens – hoffe ich jedenfalls – für eine sich in mir gewissermaßen von sich aus strukturierende Gefühlsordnung. Weil die Zeit nie steht und im Geiste jederzeit zurückgerollt werden kann, scheint eher die Chronologie das Dogma des wahren Durcheinanders zu sein.« (S. 79)

Noch einmal kommt das Prinzip Ordnung in den Roman, als nach dem Tod des Sohnes die Eltern dessen Abschiedsbriefe finden, die überraschenderweise wohlgeordnet und strukturiert sind.

> »Zu dem Konvolut aus Briefen, Anlagen und Notizen gehörten außerdem diverse Übersichten. Er teilte uns auf diese Weise zum Beispiel mit, welche Abonnements er abgemeldet hatte. Er hatte außerdem

> seine Daueraufträge und Einzugsermächtigungen gekündigt. Er erstellte für uns außerdem Listen seiner verschiedenartigen Aktivitäten und Verpflichtungen samt allen wichtigen Kontaktdaten, falls doch noch irgendwelche Unklarheiten nachgeregelt werden müssten.« (S. 336)

Über die Abschiedsbriefe, die von den Eltern an Freunde übermitteln werden sollen, wofür der Sohn ebenfalls eine akribische Anleitung hinterlassen hat, heißt es schließlich: »Der Ton seiner Abschiedsbriefe ist völlig klar, und man spürt, wie befreit er sich plötzlich fühlte – und dass er ganz bei sich war.« (S. 335) Vielleicht also muss dieser Roman auch nicht zuletzt deshalb alle vordergründige Ordnung verweigern: weil er nicht mit literarischer Souveränität vollziehen darf, was dem Sohn erst gelingen sollte, als der Entschluss zu sterben schon getroffen war. Denn natürlich ist das, was Faktor das Trotteltum seines Sohnes nennt, das versehrte Bewusstsein, das die Welt nur als Chaos, als aus den Fugen geraten wahrnehmen kann. Der Verlust der Fähigkeit, in den Ordnungsprinzipien der Welt zu überleben.

Jan Faktor hat das ausbrechende, abschweifende Erzählen nicht erfunden, wenngleich er hierfür verschiedene eigenwillige poetologische Kniffe und potenzielle Techniken in Anschlag zu bringen weiß. Etwa jene:

> »Vielleicht könnte ich im folgenden Abschnitt über meine Erlebnisse als grenzentgrenzter Hominide auf einer anderen Erzählebene berichten, fällt mir ein,

einiges davon zum Beispiel auf transparente Folien tippen und diese dann raumsparend auf die Blätter mit meiner Basiserzählung legen. Auf diese Weise ließe sich vielleicht sogar mehrdimensional arbeiten – Hominidenbingo, bravo! Und dann könnten diese Textschichten auch von mehreren Sprechern gleichzeitig gelesen werden – möglicherweise in einem Windkanal oder vor einem atmenden Backofen.«

Anders gesagt:

> »Wie schon dargelegt, umfasst das Integral einer Buchstabenverklumpung die Gesamtheit aller – also auch der kleinsten –, in Brown'scher Manier oszillierenden Sinn-Einheiten, leitet die diversesten, aus unruhigen und auch kohäsionsfreudigen Emotimolekülen bestehenden Koagulate zueianander und verdichtet sie zu einem wirkmächtigen Ganzen. Am Ende garantiert dieses Generalintegral, dass der geschaffene Monolith trotz aller einerseits zentrifugalen oder aber zu Implosion neigenden Kräfte und andererseits trotz aller resonanzBerstgeilen oder interferenzDumpfnivelliernden Kräfte ein doch ansprechendes Gebilde bleibt.« (S. 313)

In der Literaturgeschichte firmiert das Abschweifen, das stetige Unterbrechen des Erzählflusses unter dem Stichwort der Digression. Als Paradebeispiel der Digression gilt bekanntlich Laurence Sternes *Tristram Shandy*, neben Jean Paul ist Robert Walser ein herausragender

Vertreter der Gattung. In diese Reihe wäre nicht zuletzt Wilhelm Raabe aufzunehmen, der als Virtuose im Einschlagen von Um- und Nebenwegen dabei ein zwar nicht ähnliches, aber mitunter doch entfernt verwandtes Prinzip zu verfolgen schien wie Jan Faktor: den Widerstand gegen die gesellschaftlichen Umstände. In einer Phase allgegenwärtiger Beschleunigung und Technifizierung könnte man Raabe als Meister der bewussten Verlangsamung begreifen.

Die digressio ist bereits Teil der antiken Rhetorik und meint dort: die »Unterbrechung der geradlinigen Weiterführung der Rede« mit dem Ziel der »Erfrischung und Erheiterung«. Der Schweizer Kunsthistoriker Lukas Gloor bringt deshalb in Anlehnung und Spezifizierung der klassischen Definition die Formel vom »prekären Erzählen« in Anschlag, wobei die Differenz darin besteht, dass prekäres Erzählen sich Gloor zufolge nicht einfach durch eine Unterbrechung der Erzählung auszeichnet, vielmehr ist das Unterbrechen konstitutives Moment der Erzählung selbst.

> »Indem die Erzählung ihren eigenen Erzählprozess darstellt, trifft sie den Kern dessen, was prekäres Erzählen ausmacht. Prekäres Erzählen ist ein Akt, der zwangsläufig seinen Konstruktionscharakter betont und seine Künstlichkeit, deren Ordnung und Ordnungsverfahren nicht notwendig, sondern kontingent sind, herausstellt. In dieser Fokussierung auf den Akt entspricht es eigentümlich präzise der Etymologie von ›prekär‹ als ›wünschen, auf Widerruf gewähren‹

> in der Betonung des Vorläufigen, Nicht-Fixierten und Performativen.«[3]

Ebenso etwas vollzieht Jan Faktor konsequent, indem er nicht nur sprunghaft erzählt, sondern das eigene Abschweifen permanent kommentiert. »Die Leute essen viel zu viel Käse, fällt mir gerade ein« (S. 8) oder »Worauf ich hinauswill, wird sich bald klären.« (S. 25) Die Beispiele ließen sich lange fortsetzen.

Weiter heißt es bei Gloor:

> »Mehr noch als ein bloßes Zeigen von Kontingenz, Brüchigkeit und Unsicherheit ist es für das prekäre Erzählen, wie es hier etabliert wird, zentral, dass diese Prekarität wiederum konstitutiv für die Erzählung ist. Aufgesetzte Metalepsen oder redundante, unmotivierte Ereignisse, Elemente und Verfahrensweisen, die einem Text beigefügt sind, qualifizieren sich solange nicht als prekäres Erzählen, als diese Verfahren nicht tief in den Strukturen verwurzelt sind und eine Dringlichkeit für die Erzählung selbst haben: Das Prekäre des Erzählens ist konstitutiv für die Erzählung.«[4]

Prekäres genauso wie digressives Erzählen, so unterschiedlich die besonderen Ausprägungen in den verschiedenen Epochen und in den individuellen Ästhetiken klingen mögen: Gemeinsam bleibt der Ursprung in einer krisenhaften Erfahrung. Sei es jene durch gesellschaftspolitische Umbrüche oder Einschnitte wie den

Ersten Weltkrieg oder den rasanten Wandel aller Lebensbereiche an der Schwelle zum 20. Jahrhundert, den Walter Benjamin in sein berühmtes Diktum vom Verlust des Vermögens, die Gegenwart in ein Verhältnis der Erfahrung zu sich zu setzen, fasst. Sei es der Einbruch der Krise im privaten Raum. Faktor schreibt:

> »Mir ging es jahrelang so beschissen, dass mein Gedächtnis und die Fähigkeit, meine durchweichten Erinnerungen zu sortieren, stark gelitten haben. Kein Vergleich zu Vonneguts Problem, also wie sich seine Dresdner Feuerhölle auf konsumierbare Art und Weise für Außenstehende überhaupt darstellen ließe. Bei mir hat es allerdings auch Jahre gedauert, bis ich mir einige einfache Sätze, die meinen Sohn betrafen, auf einen Zettel notieren konnte.« (S. 11)

Mit dem Prinzip von Digression oder prekärem Erzählen könnte nun das ästhetische Verfahren von Jan Faktors *Trottel* trotz seiner Eigenwilligkeit in eine Tradition gestellt und recht gut beschrieben sein. Aber Jan Faktor wäre vielleicht doch nicht Jan Faktor, wenn es ganz so einfach wäre – ein bloßes Um-den-heißen-Brei-herum-Reden, nach dem Robert Walser einen seiner Digressions-Texte genannt hat.[5] Tatsächlich ist auch die Digression bei Jan Faktor ein Täuschungsmanöver, ein Hakenschlag. Denn um das Wesentliche, den schmerzhaften Glutkern des Romans, wird nicht eigentlich herumgeschlichen, er wird nicht hinausgezögert. Er wird bereits nach wenigen Seiten nicht nur angedeutet oder abstrakt beschrieben, sondern in voller Klarheit und Drastik und Unmittelbarkeit ausgesprochen:

> »Unser Sohn hat sich bei seinem Sprung vom Dach, also bei seiner Selbsttötung, auf den Rücken fallen lassen. Darüber werde ich irgendwann noch anders und genauer berichten. Auch darüber, dass dadurch sein Gesicht unverletzt blieb.«

Eine detaillierte Beschreibung folgt im Verlaufe des Romans nicht, es braucht sie aber auch nicht. Das Bild wird bleiben.

Gleich im folgenden Satz springt Faktor auf ein vollends anderes, maximal oberflächliches Terrain, indem er sich an den Duft einer vergangenen Liebschaft erinnert – wie überhaupt Olfaktorisches immer wieder die Aufmerksamkeit des Erzählers in wechselnde Richtungen diffundieren lässt: »Das Parfüm meiner Mährin kam natürlich aus dem Westen, aus den Tiefen eines Tuzex-Ladens, wie ich annahm.«

Was bleibt als Wirkung: der Schock. Die Katastrophe blitzt auf, um dann wieder hinter Belanglosem zu verschwinden oder zum Verschwinden gebracht zu werden, was notgedrungen nur vordergründig geschehen kann. Bei Jan Faktor vollzieht das digressive Erzählen strukturell die emotionale Krise nach. Das Prekäre wird hier wie dort zum Form- und Bewältigungsprinzip.

Neben der weiteren literaturgeschichtlichen Tradition, in die sich Faktor mit seinem Erzähldriftdrang, wie er es nennt, aber eben dennoch fügt, gibt es noch einen konkreteren Klangraum, in dem man sein Erzählen verorten kann. Nicht so sehr die Linie zu Jaroslav Hašeks *Schwejk* wäre hier zu ziehen – wiewohl der Brückenschlag zwischen Trottel und Schelm auf einer ersten semantischen Ebene naheliegen könnte. Der Trottel aber ist bei Faktor eben Synonym nicht allein für das gewitzte Sabotieren gesellschaftlicher Ordnung.

Vernehmen kann man bei Faktor daher eher Spuren anderer tschechischer Erzähler: etwa jene von Bohumil Hrabal (1914-1997), der vor allem in seinem Frühwerk die Kunst des »Bafelns« zelebrierte. Bafeln, etymologisch wohl zurückgehend auf das talmudische babel,[6] meint dabei den ungebremsten, mitunter surrealen Redefluss der Figuren, was wiederum auch für Hrabals virtuos monologisierende Erzähler typisch ist.

Und ebenso wie Hrabal klingt auch bei Faktor noch die tschechische Variation des Dadaismus nach, der Poetismus: »Im Poetismus kam es verkürzt gesagt, darauf an, die Realität so zu erleben, daß sie spontan zu Poesie wird, zur Quelle eines vitalisierenden Glücksgefühls«[7] – hier sei noch einmal an den Untertitel von Faktors *Trottel* erinnert: »Was ist der Grund für meine gute Laune? Einfach alles.«

Und auch die Performanz, die Kommentierung auch des physischen Schreibprozesses einschließlich dessen prekärer Seiten, wie man sie bei Hrabal findet, ließe sich umstandslos so und ähnlich bei Faktor vorstellen:

»Die Texte sind in greller Sommersonne geschrieben worden, die die Schreibmaschine so erhitzt hat, daß

> sie sich mehrmals in der Minute verschluckte und stotterte. Außerstande, auf die grellweißen Blätter zu sehen, hatte ich keine Kontrolle über das, was ich schrieb, also schrieb ich im Lichtrausch nach der automatischen Methode; das Sonnenlicht blendete mich so sehr, daß ich nur Umrisse der glitzernden Maschine wahrnahm, das Blechdach war innerhalb weniger Stunden so heiß geworden, daß sich die beschriebenen Seiten in der Glut zusammenrollten. Und weil die Ereignisse, die mich im letzten Jahr dermaßen überrumpelten, daß ich nicht einmal Zeit fand, den Tod meiner Mutter wahrzunehmen – …«[8]

Zuletzt: In Faktors *Trottel* ist es immer wieder die Frau, Mutter des toten Sohnes, deren zwar zurückhaltende oder zurückhaltendere Stimme den ungemein präsenten Kontrast zur Erzählerstimme bildet. Interessanterweise lässt Hrabal in der Trilogie *Hochzeiten im Hause*, *Vita nuova*, *Ich dachte an die goldenen Zeiten* sein Leben vollends aus der Sicht seiner Frau erzählen oder lässt jedenfalls den Anschein entstehen. Die Poetologie ihres Mannes fasst die Ich-Erzählerin unter dem Krempel-Postulat:

> »Mein Mann glich in seinem Schreiben ganz den Prager Hinterhöfen, wo zurückgelassene Reste von Gerüsten herumliegen, wo sich alles neben den überquellenden Mülltonnen türmt, dieses Geschreibsel meines Mannes, das waren vergessene und weggeworfene Reste von altem Material, Drähte, Teile von

> Heizkörpern, Reste von all dem Gerümpel, das am Sperrmüll zum Abtransport auf die Straße hinausgestellt wird.«[9]

Diese Beschreibung ließe sich umstandslos auch auf Faktors Poetologie applizieren – und vielleicht hätte dessen Frau, die im Roman jedenfalls nicht nur die Nützlichkeit der Staubmäuse anders einschätzt, sondern auch schon einmal versehentlich – oder womöglich doch bewusst? – die umfangreiche Sammlung seiner Zeitungsausschnitte als Altpapier identifiziert und zur Schuhpflege benutzt, sie ganz ähnlich beschrieben.

Ob Faktor je auf den Gedanken verfallen wird, diese Idee Hrabals aufzunehmen und die Geschichte der familiären Katastrophe mit der Stimme seiner Frau erzählen zu lassen? Das wird die Zukunft zeigen. Aber auch mit *Trottel* hat man einen eindrücklichen und eindringlichen Teil dieser Erzählung, dieses ganz anderen Tons schon vernommen. Es ist jener Ton der Trauer, den der Erzähler mit seinem scheppernden Chaos notgedrungen übertönen muss:

> »Habe ich schon erzählt, wie entwaffnend es ist, wenn meine Frau vollkommen ruhig weint und ihre Tränen dabei nur still fließen lässt? Wahrscheinlich nicht. Es ist aber auch besser so.« (S. 106)

1 https://www.poetenladen.de/jan-kuhlbrodt-jan-faktor.htm

2 Adam Thirlwell: »Der multiple Roman. Vergangene und zukünftige Abenteuer der Romankunst, verortet auf fast allen Kontinenten, in zehn Sprachen & mit einem gigantischen Ensemble von Schriftstellern, Übersetzern & anderen Phantasiewesen«, zitiert nach: Thomas Düllo: *Abwegen und Abschweifen. Über die narrative Drift*, Köln 2015, S. 22.

3 Lukas Gloor: *Prekäres Erzählen. Narrative Ordnungen bei Robert Walser, Franz Kafka und Theodor Fontane*, Paderborn 2020, S. 10.

4 Ebd., S. 12.

5 »Besteht nicht Schriftstellern vielleicht vorwiegend darin, daß der Schreibende beständig um die Hauptsächlichkeit herumgeht oder -irrt, als sei es etwas Köstliches, um eine Art heißen Brei herumzugehen?« Robert Walser: »Der heiße Brei«.

6 Vgl. Werner Fritsch: »Mein Gott ist Dionysos. Im Böhmen unterwegs zu Bohumil Hrabal«, in: Bohumil Hrabal: *Die Romane*, Frankfurt am Main 2008, S. 1423.

7 Ebd., S. 1437.

8 Bohumil Hrabal: »Ich habe den englischen König bedient«, aus dem Tschechischen von Karl-Heinz Jähn, in: Bohumil Hrabal: *Die Romane*, a.a.O., S. 656.

9 Bohumil Hrabal: »Ich dachte an die goldenen Zeiten«, aus dem Tschechischen von Susanne Roth, in: Bohumil Hrabal: *Die Romane*, a.a.O., S. 1326.

Preisbegründung der Jury

Jan Faktor bringt das traditionelle Genre des Schelmenromans zum Explodieren: Als *Trottel*, so der Titel des Werks, erzählt er sein Leben – aber wilder, überdrehter, radikaler, als man es sich bislang vorstellen konnte. Dabei ist ein Werk von erstaunlicher Kraft entstanden. Jan Faktor setzt in *Trottel* sein autobiografisch grundiertes Schreibprojekt fort: Hat er 2010 seine Kindheit und Jugend in der kommunistischen Tschechoslowakei beschrieben, erzählt er nun vom Leben eines jungen Mannes aus Prag, der Ende der 1970er Jahre der Liebe wegen in die DDR kommt. Voller Wortspielereien, atmosphärischer Beschreibungen und grotesker Szenen bietet er einen ungewöhnlichen böhmischen Blick auf die schon so oft erzählte Lebenswelt der Ostberliner Bohème und der späten DDR. Tschechische und deutsche Literaturtraditionen amalgamiert Faktor. Formale Experimentierfreude wird mit exzessivem Witz kombiniert, gebettet in einen mitreißenden Erzählstrom. Die Kunst Faktors erweist sich in der Konfrontation mit einer Lebenskatastrophe: Der Suizid des Sohnes wirkt als ständiger Kontrast in dieser Lebenserzählung. In schlichter, fortdauernder Trauer wird von dessen Weg in die Depression erzählt, aus der es kein Entrinnen gab. Albernes und Tragisches beleuchten sich bei Faktor gegenseitig – eine radikale Lebensbeschreibung, die das Genre des autofiktionalen Schreibens revolutioniert.

Paul Jandl

Der Kampf des Zappelproletariats gegen die primäre Disziplinakkumulation oder Wie man durch den Roman *Trottel* klüger wird

Lobrede

Es gehört einiger Eigensinn dazu, einen Roman *Trottel* zu nennen. Das bildungsbürgerliche Ideal der intellektuellen Selbstoptimierung, das die Literatur sonst gerne feiert, Stichwort: Entwicklungsroman!, scheint gefühltermaßen mit diesem Titel in Konkurrenz zu stehen. Will man einen Roman über jemand lesen, der womöglich nicht alle Tassen im Schrank hat? Schlimmer noch: Will man einen Roman von einem *Autor* lesen, der womöglich nicht alle Tassen im Schrank hat? Die erste Frage kann man bejahen: Ja, man will. Man will das unbedingt lesen. Auf die zweite Frage ist zu antworten: Der Roman *Trottel* ist eines der klügsten Bücher, die je über das Thema Trottel geschrieben wurden.

Wenn Jan Faktor sein Buch so nennt, dann tut er das mit einem Erkenntnisinteresse, das die Fallhöhe zwischen Subjekt und Gesellschaft auszumessen versucht.

Der Trottel ist im herkömmlichen Sinn für Produktivität nicht zu gebrauchen. Andererseits ist der Trottel aber hoch produktiv. Er macht lauter vertrottelte Sachen. Man tritt dem Schriftsteller Jan Faktor bestimmt nicht zu nahe, wenn man behauptet, er habe ein besonderes Auge für Vertrotteltheit. Für jenes Ingenium der Sinnlosigkeit, das unter den falschen Sinnstiftungen unsinniger Systeme zu blühen beginnt. Der Kommunismus ist ein solches System. Die Familie ist auch ein solches System. Im Schatten beider bilden sich Wesen heran, wie sie seit Längerem in Jan Faktors Büchern stehen. »Mein ganzes Leben war eine trottelige Feldforschung«, heißt es gleich am Beginn des jetzt mit dem Wilhelm Raabe-Preis ausgezeichneten Romans.

Auch die davor erschienenen Bücher Jan Faktors belegen diese Behauptung. Es sind Geschichten eines Heranwachsens unter besonderen Bedingungen. Schon in den Romanen *Schornstein* und *Georgs Sorgen um die Vergangenheit oder Im Reich des heiligen Hodensack-Bimbams von Prag* hat der Schriftsteller die Topographie eines versinkenden Bürgertums skizziert. Am Prager Tor gibt es eine herrschaftliche Altbauwohnung, die sich in den Nachkriegsjahren und unter dem Einfluss des antibourgeoisen kommunistischen Systems in eine Höhle der Subversion verwandelt. Es sind Überlebende der Geschichte, die hier zusammenkommen. Frauen, die die Konzentrationslager überlebt haben. Blumengemusterte Vorhänge teilen die Zimmer in improvisierte Enklaven auf. Prager Intellektuelle schauen vorbei. Im Souterrain wohnt die Tante Peprl. In der Beletage hat sich ein Dutzend weiblicher Verwandter eingerichtet. Der Einzige, der diesem Prager Matriarchat die Stirn bieten kann, ist ein Onkel namens ONKEL. Ein Bastler, wie ihn eigentlich nur Gott der Herr oder Jan Faktor erfinden kann, aber es hat ihn wirklich gegeben. Er ist tragisch zu Tode gekommen. Wenn er mit seinem Trabant über böhmische Landstraßen flog, galt die selbst gewählte Regel: »Mittig, mittig. Immer mittig zwischen den Bäumen.« Ein kurzes Missachten dieser Regel hat zum Tod des Onkels namens ONKEL geführt.

Auf äußerst subtile Weise beschreibt Jan Faktor die politischen Verhältnisse anhand des Inventars, das sie gerade noch zulassen. Der Trabant, diese Kinderzeichnung von einem Automobil, gehört dazu. Die Anpassungsleistung der Menschen im Kommunismus besteht darin, in Kleinwagen und Kleinstwohnungen zu überleben. Ästhetisch müssen sie sich nach buntgemusterten Bettdecken strecken, die in geschmacksterroristischen Kombinaten erzeugt werden. Wer etwas über die Warenwelt hinter dem Eisernen Vorhang erfahren will, der lese Jan Faktor. Wie kaum ein anderer Autor seines Landes hat er die Scheußlichkeit tschechoslowakischer Interieurs beschrieben. Er hat sie einer Stilkritik unterzogen, die bei ihm immer auch zur Ideologiekritik veredelt wird. Kommunismus ist, wenn es statt wohnlichen Eigenheimen lebensfeindliche Gemeinheiten gibt. Eine Architektur des Grauens, die vom Plattenbau bis zur Schrankwand reicht und das Grundbedürfnis des Menschen nach Gemütlichkeit unter staatliche Verwaltung stellt.

Ein Erzählstrang des Romans *Trottel* setzt uns ins

Bild, dass hier ein Ich auch aus Wohnverhältnissen emigriert. Aus der Prager Wirklichkeit übersiedelt dieses Ich in Berliner Möglichkeiten. In Altbauten, hinter deren Wänden unbewohnte Zimmer eines Nachbarhauses sein können. Eine eingerissene Wand bringt neue Überraschungen und damit neue Möglichkeiten. Der metaphorische Maulwurf, der das System von innen aushöhlt, wird bei Jan Faktor zum echten. Bei ihm ist Freiheit immer auch eine Frage des Raums. Dass der große europäische Mauerfall an den Grundrissen von Pankower Altbauwohnungen schon viele Jahre zuvor geübt und vorbereitet wurde, erfahren wir aus dem Roman *Trottel*.

Vom Stoff her verläuft zwischen Jan Faktors letztem Roman *Georgs Sorgen* und dem *Trottel*-Buch eine Grenze. Die Landesgrenze zwischen der Tschechoslowakei und der DDR. Ungerührt blickt der nach und nach emigrierende Jan Faktor auf seine Heimat zurück, auf ein Land, das sich nicht zuletzt durch seine Sprache verrät. Nicht einmal »Service« ist im Tschechischen ein Versprechen. »Ser více« heißt schlicht: »Scheiß mehr!«

Es ist gut, die Geschichten aus *Georgs Sorgen* zu kennen, wenn man sich dem Ich-Erzähler des Romans *Trottel* nähert. Schon im Vorgängerroman steht der Satz:

> »Wenn ich draußen herumlief, war ich dauernd damit beschäftigt, die Umwelt in meiner Fantasie zu reparieren. Im Sozialismus zerbrach, versackte, zersetzte sich sowieso pausenlos etwas oder blätterte dickschichtig ab.«

Im Buch *Trottel* wird die Phänomenologie des tschechoslowakischen Verfalls weiter fortgesetzt und in eine Utopie transformiert, die abenteuerlicher nicht sein könnte. Die Utopie heißt Flucht und das Zielland dieser Utopie ausgerechnet DDR. Ein doppelt fragwürdiges Unterfangen, hatte doch schon die Großmutter, eine großbürgerliche Sozialistin, gewarnt: »Jeder Traum, den man nicht hat, ist ein Segen.«

Die autobiografische Wahrheit Jan Faktors ist: Er hat sich als junger Mensch in Prag in die Tochter der Schriftstellerin Christa Wolf verliebt. *Trottel* beschreibt die langen Bahnfahrten zwischen Prag und Berlin und das Entstehen einer soziografischen Einsicht: Die Ostberliner haben es besser. Sie gehen mit ihrer Unfreiheit freier um. Mit ihrer Improvisationskunst schaffen die DDR-Bürger einen privaten Gegenstaat, zu dem es der rachsüchtige Kommunismus der Tschechoslowakei nie kommen ließe. Bei Jan Faktor beginnt die Rolle des Trottels hier zu leuchten. Der Trottel lebt nicht im Mangel an Intelligenz, sondern er ist ein Anwendungskünstler der Intelligenz. Ich zitiere:

> »Wie viel Ehrgeiz traut sich ein Trottel im Leben zu? Das lässt sich relativ einfach beantworten: Für den Chancenlosen hat es schon aus Schutz vor Selbstzerfleischung wenig Sinn, auf so etwas wie Erfolg zu setzen. Und deswegen weiß der Trottel im Grunde nicht, was Ehrgeiz ist. Er weiß oft nicht mal, womit er geizen sollte, auch wenn er es vielleicht gerne wollte.«

Aus der Chancenlosigkeit hat Jan Faktor eine Produktivität gemacht, die der systemisch verordneten Passivität eins auswischt. Der Roman *Trottel* ist neben der autobiografischen Geschichte, die vom Prag des Jahres 1968 bis zum Berliner Mauerfall reicht, eine wahre Enzyklopädie der Weltweisheit, ein Zettelkasten des sich Verzettelns. Das Kapitel »Patschulischock im Anmarsch« beginnt mit der Beobachtung: »Auch alte Menschen stehen auf schrägen Ebenen erstaunlicherweise senkrecht, wenn sie nicht völlig krummgealtert sind.« Der Ich-Erzähler des Romans ist Programmierer in Prag, aber auch »ein philosophoider Marxist, doppelbödiger Buchführungsspezi und Lügenstatistiker«. Als solcher befasst er sich mit Themen wie diesem:

> »Die Partei und ihre akzeptanzsteigernden Maßnahmen für die primäre Disziplinakkumulation des Zappelproletariats und für den gemütlichen familienzentrierten Balkongemüseanbau.«

Als geborener Erotomane opponiert Jan Faktors Erzähler auch noch gegen die dogmatische Hygiene des politischen Systems. Unter den Brüsten des Matriarchats aufgewachsen, sehnt er sich nach erotischer Vervollkommnung und vermutet ihre schönsten Möglichkeiten dort, wo Blusenstoffe wirksam aufklaffen. Eine Delegation junger Frauen aus der DDR, die sich Prag anschauen, ist für den jungen Mann Initialzündung späterer Reisetätigkeit. Was sich an einem Sommertag am Prager Wenzelsplatz abspielt, wirkt wie eine Reprise jener Szene, die in Prousts *Auf der Suche nach der verlorenen Zeit* ähnlich initiatorischen Charakter hat. Das Erscheinen sportlicher junger Mädchen auf der Strandpromenade von Balbec. Aus der situativen Faszination wächst eine dauerhafte Anziehung. Bei Proust ist es die »kleine Simonet«, bei Jan Faktor, so viel autobiografischen Hintergrund kann man verraten, ohne indiskret zu sein, ist es Annette Simon. In Wahrheit haben sich die Dinge etwas anders zugetragen als im Roman, aber was ist schon Wahrheit? Wahr ist jedenfalls, dass *Trottel* auch eine große Verneinung vor jener real existierenden Frau ist, die Anlass der Emigration war. Gemeinsam hat man den real existierenden Sozialismus überdauert und bis heute eine beziehungstechnische Lebensleistung erbracht, die sich sehen lassen kann.

Um auf das Buch *Trottel* zurückzukommen: Im Grunde ist es doch auch ein Entwicklungsroman. Die ostdeutschen Wirsing- und Braunkohlelandschaften, die in Berlin ihr intellektuelles Zentrum haben, werden von Jan Faktors Erzähler mit argwöhnischer Begeisterung betrachtet. Mit der Übersiedlung nach Berlin gibt es Anschluss an ein bohèmehaftes Milieu, das zwangsläufig in Koexistenz mit der Staatssicherheit lebt. Konspirative Treffen werden als Kindergeburtstage getarnt, aber ein Kindergeburtstag ist dieser Alltag nicht. Er ist Improvisation, die Jan Faktor in seinem Roman wiederum dekonstruiert. Seine endgültige Apotheose als unternehmender Deutscher erlebt der Erzähler in der sogenannten Chicorée-Zeit. Das blasse Gemüse im eigenen Keller zu ziehen, war eine Geschäftsidee, die womöglich am Fall der Mauer gescheitert ist. Wie so vieles. Aber an der Zukunft war nicht alles schlecht. Immerhin die Band Rammstein war dem Helden von seiner Großmutter bereits geweissagt:

> »Eines Tages würden, sprach sie zu mir unverhofft, sechs bösartig aussehende und sehr laut musizierende Jungs kommen, diese würden allerdings alles andere als lieblos oder hornhäutig sein.«

Jan Faktors Erzähler ist so voll mit zappelproletarischen Energien, dass man die Ernsthaftigkeit dieses *Trottel*-Romans fast vergessen könnte. Das Überschießende des Buches entsteht um mehrere Leerstellen herum. Die tragische Geschichte des eigenen Sohnes wird im Roman in Andeutungen erzählt. In Etappen. Wie ein Roman im Roman. Vielleicht aber ist das auch der eigentliche Roman. 2012 hat sich der psychisch labile Sohn das Leben genommen. Wieder sind es im Roman metaphorische und reale Räume, in denen dieser junge Mensch gesucht wird. Es sind Mauern der Sprache und des Verstehens, die zwischen dem Vater und dem Sohn immer höher werden. Da ist einer, der sich nach und nach selbst verliert, aber in Faktors Buch ist er kein verlorener Sohn. Dieser Roman holt den Toten auf geradezu dialektische Weise ins Leben herein: als abwesenden Anwesenden. Aber der Sohn ist im Roman nicht der Einzige, dem solches widerfährt.

Jan Faktors großes literarisches Epitaph ist ein Pfeifen gegen die Riesen der Angst und gegen das Absurde der Existenz. Es gibt in der Familienbiografie einen tragischen Anteil, der inmitten eines komischen Romans immer wieder auftaucht. Vielleicht sind auch beide, das Tragische und das Komische, im Absurden vereint. Der Augenblick, wo Jan Faktors Mutter im Konzentrationslager einen Selbstmordversuch unternimmt, der ihr wahrscheinlich das Leben rettet, ist in *Trottel* in empathischer Genauigkeit beschrieben:

> »Als meine sechzehnjährige Mutter in Theresienstadt aus dem zweiten Stock in den gepflasterten Kasernenhof sprang, passierte es während eines kurzen psychotischen Schubs. Sie hörte schon eine Weile laute Stimmen, die dann plötzlich richtig laut wurden, ihr komplizierte mathematische Rätsel aufgaben und ihr schließlich befahlen zu berechnen, aus welcher Höhe und von wo genau sie springen sollte. Sie sprang dann aus dem linken Drittel einer Fensteröffnung, die am Ende des langen Flurs im nächsthöheren Stockwerk lag. Nachdem man sie einigermaßen zusammengesetzt, eingegipst und dann nach und nach aufgepäppelt hatte, stand sie – nach Wochen, versteht sich – wie runderneuert wieder auf. Und sie brachte sich für die restliche Zeit bei, sich innerlich so weit abzuschotten – auch von der Mathematik –, dass sie sogar Auschwitz einigermaßen gut überstand.«

Trottel sein heißt vielleicht, mit dem Spalt zwischen Wirklichkeit und Erfahrung leben zu können. Das

Nicht-Verstehen ins eigene Dasein zu integrieren, ohne dabei unglücklich zu werden. Es gehört zu Jan Faktors großer Kunst, für diesen Zustand ein ästhetisches Modell gefunden zu haben. Der Autor hat in seiner Literatur einen Weg gefunden, die Verluste erkennbar zu machen. Er schreibt um diese Verluste herum. Er erfindet und simuliert. Er lässt die Wirklichkeit dort in einem anekdotischen Erzählen zersplittern, wo sie als ganze nicht zu ertragen wäre. So war es möglicherweise schon im Haushalt der Familie Faktor, an dessen Küchentisch über den Holocaust und die Erfahrungen in den Konzentrationslagern wortreich geschwiegen wurde. Man hat Anekdoten erzählt und sich so über das Unverständliche hinweggerettet. Die Familiengeschichte der Faktors ist eine Geschichte der Verluste, auch wenn sich die Frauen der Familie nach dem Krieg in die Prager Wohnung retten konnten. Ein anderer Abwesender ist Jan Faktors Vater. Geisterhaft schimmert er durch die Seiten der Romane. Ein Mitarbeiter des tschechischen Geheimdiensts, der von der Familie getrennt lebt und den der Sohn nur an den Wochenenden sieht. Wie festgeklebt an den pelzigen Belägen der tschechoslowakischen Düsternis sitzt er im Plattenbau bei seinem Bier. Ein abwesender Anwesender.

In seinem gerade erschienen Essay-Band *Schreiben als Beruf* denkt der ungarische Schriftsteller Péter Nádas über das Schreiben nach. Das sagt schließlich auch schon der Titel. Das Buch ist Poetologie und Werkstatt-Bericht in einem. Man sieht den Autor bei der Entwurfsarbeit zu seinen Büchern und in philosophischen und psychologischen Präliminarien, ohne die das Werk von Péter Nádas nicht das würde, was es ist. An einer Stelle geht es um, ich zitiere Péter Nádas, »die Konstruktion der Gegenwart abwesender Personen, ihre je nach Situation schwache oder starke Gegenwart«. Figuren, die gerade nicht da sind, aber dennoch im Text präsent sein sollen, sind eines der interessantesten Phänomene der Literatur. In berühmten Großromanen wie Prousts *Recherche* ist die Zahl der mitwirkenden Figuren enorm. Es gehört zu den Leistungen des Lesers, ihre Präsenz selbst dann weiter zu imaginieren, wenn sie über Hunderte von Seiten des Romans nicht vorkommen. Man darf die Namen nicht vergessen. Attribute, Funktionen. Im *Ulysses* von James Joyce ist die Figur der Molly Bloom eine ferne Anwesende, genauso wie ihr Vorbild Penelope in der *Odyssee*. Während sich das Dasein in der Gegenwart des Helden abspielt, gibt es ein rätselhaft schillerndes *Dortsein* weiblicher Sehnsuchtsfiguren. Einen Anker aller Zwecke. Man nennt so etwas auch Liebesgeschichte. Eine Liebesgeschichte für sich war die zwischen Friederike Mayröcker und Ernst Jandl, übrigens beide auch Freunde von Jan Faktor. Nach seinem Tod vor über zwanzig Jahren hat der Schriftsteller und »Hand- und Herzgefährte« Ernst Jandl lange in den Büchern von Friederike Mayröcker weitergelebt. Wenn Mayröcker 2005 eine Prosa schreibt, die *Und ich schüttelte einen Liebling* heißt, dann ist damit Ernst Jandl geschüttelt. Das elektromagnetische Feld der Beziehung zwischen zwei Dichtern hat die Literatur auf eine Weise bereichert, die man als einzigartig bezeichnen wird können.

Dass gerade aus der Abwesenheit eine kaum zu ertragende Präsenz entsteht, ist ein Phänomen der Trauer. Ein Phänomen der Literatur sind Verlustgeschichten, die der Literatur eben dadurch etwas hinzufügen, dass sie von Verlusten erzählen. Wie Mayröcker oder Jan Faktor. Die Schreibarme des Autors umspannen eine psychische Entität des Sichtbaren und des Unsichtbaren, des Gegenwärtigen und des Erinnerten.

Péter Nádas notiert: »Das Fehlende hinterlässt eine physische Aura, das Fehlen bildet eine psychische Aura.« Das Wort Aura kommt bei Nádas auch daher, dass er gelernter Fotograf ist. Er denkt in Licht und Schatten. In Dunkelzonen, in Schattierungen von Schwarz. Wir haben die europäische Geschichte als Geschichte der Verluste vor uns. Es sind Bilder, in denen Phantome zu erkennen sind, anwesende Abwesende, und hier gehen die Erfahrungsräume von Péter Nádas und Jan Faktor ineinander über. Wer heute auf den Endmoränen untergegangener Staaten sitzt, schreibt immer noch oder immer auch auf dem Boden ehemaliger Tatsachen. Das ist bei Péter Nádas so und auch bei Jan Faktor. Beide sind in Familienbiografien aufgewachsen, die sich auf unfreiwillig beispielhafte Weise vor dem Hintergrund der großen Geschichte abgespielt haben. Man könnte sie prototypisch nennen, weil der Abdruck des grausamen 20. Jahrhunderts in ihnen auf prototypische Weise sichtbar ist.

Gelegentlich findet im Werk von Jan Faktor die Tatsache Erwähnung, dass er stets einen Zettel bei sich trägt, auf dem steht: »Was ist der Grund für meine gute Laune? Einfach alles.« Ich habe diesen Zettel gesehen. Es gibt ihn wirklich. Wenn einfach alles ein Grund für gute Laune ist, dann ist alles einfach. Zu diesem selbsttherapeutischen Trick muss man Jan Faktor gratulieren. Und man muss ihn natürlich auch zum Wilhelm Raabe-Preis beglückwünschen. Schon allein wegen der Konkurrenz an Autoren, die sich möglicherweise quer durch Deutschland als Preisaspiranten sehen. Auf Seite 175 des Romans *Trottel* rechnet Jan Faktor glaubhaft vor, dass es in Deutschland 780000 Menschen gibt, die von sich behaupten, Schriftsteller zu sein. Von diesen machen sich mindestens 1680 Personen zum Beispiel Hoffnung auf den Büchner-Preis, eine Zahl, die vom »unabhängige[n] Recherchenetzwerk von BRK, SFA, UH, Südost-Hauptschlagader, GrroundGrrunzPress und BH-HB-Rating- & Prädikatiat-Agentur J. Hans« ermittelt wurde. Die Zahl der präsumtiven Raabe-Preis-Kandidaten, oder zumindest derer, die sich dafür halten, ist wahrscheinlich ähnlich hoch. Aber es kann nur einen geben. Und diesmal ist es Jan Faktor. Herzliche Gratulation!

Jan Faktor

Geflissentliche Pistolenschüsse

Dankrede

Als ein höflicher, aber auch ehrlicher Mensch spreche ich lieber gleich meine Kaumbeziehung zu Wilhelm Raabe an, dessen Namen ich – wenn mich nicht alles täuscht – nur dank dieses renommierten Literaturpreises kenne. Da ich in dieser Rede auf keinen Fall halbgegartes, schnell zusammengesuchtes Wissen verwursten wollte, habe ich lieber meinen 94-jährigen Schwiegervater nach Wilhelm Raabe befragt, der – wie ich jetzt weiß – fast genau vor fünfzig Jahren ein Nachwort zu *Pfisters Mühle* für den Union Verlag geschrieben hatte. Und Gerhard Wolf sagte (ich paraphrasiere): »Sein – also Raabes – Pech war, dass Fontane ein Tick besser war.« Aber Vorsicht, liebe Anwesenderinnen und Mannsgenugseiende! Falls jemand im Raum zusammengezuckt sein sollte, dem muss ich zuflüstern: Gerhard Wolf kann schlecht, sogar sehr schlecht loben. So gesehen ist bei ihm schon ein kleiner positiver Wink fast ein triumphaler Lobgesang. Wenn seine Frau Christa nach einigen missglückten Entwürfen eines neuen Romananfangs von ihm zu hören bekam »Jetzt läuft es …« war es das höchste, was von ihm an Lob zu erwarten war. Und ich habe es – Gerhard Wolf war in den neunziger Jahren mein Verleger – selbst nicht anders erlebt. Trotzdem: Ich verdanke ihm und Christa sehr viel, natürlich nicht nur als Autor rein experimenteller Literatur, der es bei anderen Verlagen viel schwerer gehabt hätte als bei Gerhard Wolf Janus press.

Nun zum ersten Kernthema meiner Rede: In der linken Spalte auf Seite eins der Berliner Zeitung stand am 27.6.2022 etwas über die Entdeckung eines unerhört großen Bakteriums: Dieses sei nicht einfach nur mit dem bloßen Auge sichtbar, es könne sogar bis zu zwei Zentimetern lang werden. Bei der Lektüre über dieses Einzell-Ungeheuer war ich sofort wie elektrisiert, gleichzeitig aber auch skeptisch, ob mir diese Information im Leben oder bei meiner Arbeit weiterhelfen würde. Dieses mit mir verwandte Wesen – es gibt doch nur EIN Leben auf Erden, nicht wahr? – tummelt sich in ganz anderen Gegenden, und es ist außerdem ein konsequenter Sulfidenfresser, kein Futterkonkurrent. Nachdem ich die Kolumne in das entsprechende Hängeregister versenkt hatte, war unklar, wann ich diese wunderbare Neuigkeit wieder hervorholen würde – und zu welchem Zweck. Eine meiner Regeln beim Schreiben: Wenn man weiß, was man sagen will, kann man erstmal auch problemlos abschweifen.

»Vorwärts! Der Weg, die Last, die Wüste, der Überdruss und der Zorn«, schreit Rimbaud in seinem aus der Hölle steigenden Bösen Blut. Natürlich ist mein *Trottel* so etwas wie ein heiteres Buch, in mir sieht es aber anders aus. Sonst wäre mein Buch sicher größtenteils nur albern. Und wäre nicht parallel zum apokalyptischen Härtegehämmer von Rammstein entstanden. Die Kanäle, die Musik direkt ins limbische System, also zu den Quellen der Glücksgefühle leiten, sind kurz, und sie unterlaufen vor allem jegliches lästige Nachdenken. Und was die flammenden Spektakel von Rammstein angeht, sollte man Folgendes bedenken: Diese düsteren, oft auch schwer disharmonischen Lärmer sind nicht nur Meister der Ironie, der Parodie und der Provokation, sie sind gleichzeitig Ritter der reinen Herzen, und sie verraten nie den tiefen Ernst ihrer eigentlichen Erzählung. »Das letzte Aufbäumen des weißen Mannes«, meinte zu Rammstein einmal spontan meine sonst wunderbar tolerante Frau. Im zwischenmenschlichen Myzel gibt es, sage ich dazu, zum Glück viele überraschend kurzschlüssige Verwandtschaften. Ich muss aber zugeben: Die meisten Intellektuellen aus meiner Umgebung verabscheuen Rammstein, diese sich selbst schrill plakatierende Zirkusgang von technisch überfrachteten Musikalisten. Mit dem folgenden sonderbaren Satz von Rimbaud werde ich es sicher nicht schaffen, uns alle miteinander zu versöhnen: »Man wird dich ebensowenig töten wie eine Leiche.«

Ich bin keinesfalls ein undankbarer Mensch. Ich bin hocherfreut, dass es mich gibt und dass an meinem Körper bis heute noch alles dran ist, was ursprünglich dran war. Bin also dankbar auch meinem Vater, den ich sonst so gut wie nie gewürdigt habe. Ich bin dankbar diesem versoffenen Spionageabwehroffizier, der dummerweise auch zu einem kleinen Eingriff unter Narkose angetrunken erschien und dann nicht mehr erwachte. Und egal wie unerträglich peinlich er sich oft aufführte – er war ein geborener Witzbold, Spaßvogelstrauß im Dauereinsatz. Und von dieser seiner Seite habe ich offenbar etwas profitiert. Nach seinem Ableben, er war erst zweiundfünfzig Jahre alt, musste ich mich für ihn nicht mehr schämen. Die meisten seiner Scherze waren nämlich peinlich – wobei dies auch eine gute Schule für mich war. Weiterhin bin ich in meinem Leben dankbar allen Gottheiten, die solche flügellosen Wesen wie mich beaufsichtigen, wenn sich diese im freien Fall befinden. Ich bin neulich bei einem schwungvoll-experimentellen Klimmzug aus etwa zweieinhalb Metern Höhe rückwärts ins Zimmer gestürzt, also von der Wand oberhalb eines hohen Türrahmens abgeflogen; und ich bin dann – mit dem Hinterkopf knapp vorbei an einer Tischkante – weitergesaust, um dann mit dem Rücken auf dem Hocker zu landen, auf dem ich noch einige Sekunden davor gestanden hatte. Und dankbar bin ich schließlich auch unserer Tochter, besser gesagt der Tochter meiner Frau, die ich von klein auf mitaufgezogen habe und deswegen sie auch als meine Tochter ansehe. Sie hat vor zehn Jahren ihren sieben Jahre jüngeren Bruder verloren. Sie und ihr Mann haben für mich und meine Frau, als dieser Einbruch vieles um uns herum durcheinandergebracht hat, sehr viel getan.

Ehrlich gesagt finde ich meinen Trottelroman im Nachhinein viel zu frech. Egal mit wie viel Unschuld ich ihn geschrieben haben mag. Ich erschrecke immer wieder, wenn ich in Besprechungen irgendwelche Zitate lese, die ich als mein Wortfleisch und Wortblut identifiziere. »Ran an die Gebärmutter der menschlichen Erfahrung.« Das ist doch auch sexuell gemeint, nicht wahr? Solche Sätze gehören in der sensiblen Jetztzeit vielleicht eher eingestampft oder mit Beton übergossen. Oder – etwas schonender – zurückversetzt in Zeiten, als Henry Miller seinen wilden Samensäuen noch freien Lauf lassen konnte.

Immer wieder wird die in meinem *Trottel* angeblich abgebildete Bohème von Ostberlin erwähnt. Dabei bewegt sich mein Trottel nicht in den künstlerischen, sondern in den radikal politischen Untergrundzirkeln. Habe ich alle diese marxistisch-trotzkistischen Grübler vielleicht nicht eindrücklich genug geschildert? Und kein Interesse scheint die Kritik an dem großgewachsenen Dichter in Leder zu haben, der den nichts ahnenden Trottel auf dem Alexanderplatz anfällt und in ein langes Gespräch verwickelt. Der anschließende Dialog ist fast vollständig aus Gedichtzeilen von Bert Papenfuß zusammengestellt. Nur eine Information am Rande: Papenfuß hat inzwischen insgesamt dreiundvierzig Gedichtbände publiziert. Wir sind seit etwa vierzig Jahren befreundet. Und obwohl wir uns seit dreißig Jahren so gut wie nie sehen, kann ich hier bedenkenlos, also ohne ihn um Erlaubnis zu bitten, ein Gedicht aus dem Band *routine in die romantik des alltags* zitieren:

ehrenwerte spektabilitäten
ist unsere spezialität
geflissentliche pistolenschüsse
an der DeMarkationslinie
angedeihen unserer realität
eine mangelmanipulierbarkeit
& lassen rückschüsse zu
betreffs unkontrollierbarkeit
hier wird geplanscht im vollblut
des ichs & des meins seins
ohne ansehen der person
& allen anscheins allzumal
& mit der süßsauren gülle
der individuationsdämmerung
gespritzt, krach gemacht
laut gelacht & gedacht
mit aller wucht & schwucht
des selbstwertsverlusts gehurt
gesoffen, geklaut, geschnorrt
& hochkannt in kakao geschmort
scheiße gebaut aufs korn
& sich verpißt nach vorn
halt! hapta uffda? zarette?
warten kühlt das mütchen
jenseits aller schlußendlichkeit
geht es doch wohl darum
einen möglichst saftigen
kompost abzugeben allhier
darauf ein: heidschi-bumbeidschi-fickfackeluja

An dieser Stelle möchte ich es doch wagen, aus meinem Roman kurz zu zitieren, und zwar einige Ansprachen an meine imaginierten Leser. Diese kleinen Litaneien werden in den wenigsten mir bekannten Kritiken erwähnt; und wenn, dann überraschend unaufgeregt. Ich zitiere:

> »Der fantasievolle Leser, einer dieser dauerinnendienstleistenden Helden, aber auch die eine oder andere krasse Annakäsina, Komaküssina, Manndominodonna bzw. eine aus der Inneninnung der geburtskanalbezahnten Brummfagottinnen – sollte sich bitte vorstellen ... Oder: Der wachsame Schwellkörperträger (alternativ: der Anschwellgewebeorganist) oder die eine oder andere Vaginabesitzende (alternativ: die mit auf ihrem Vulvaspaltbereich Sitzende) sind sich darüber sicher auch im Klaren ...« (*Trottel*, S. 348 und 339)

Weil jegliche Negativreaktionen ausblieben, wurde mir klar: Ich hatte die Öffentlichkeit eindeutig falsch eingeschätzt. Wir leben doch in einem friedlichen, liebenswürdigen, von Akzeptanz fast überschäumenden Land; man kann es jedenfalls so sehen, wenn man sich oberhalb der gesellschaftlichen Gürtellinie bewegt. Der Unfriede, der in mir regelmäßig aufsteigt, ist einfach mein eigener. Und schuld sind daran eindeutig keine unterzuckerten Zwitter, keine Kombattanten mit schusssicherer Haut und auch keine rundum immunisierten Stirnhöhlenbefruchter, die sich angeblich traditionell aus den für den Kampf in der Kanalisation ausgebildeten Blindkaratekas rekrutieren.

Zur Klärung des Vorwurfs, der in meinen Anredetiraden steckt, werde ich mich kurz in der Menschwerdungsgeschichte umsehen müssen. Vor etwa 250000 Jahren begann sich die Schädelbasis einer Linie der Hominiden zu verändern – begann sich der Gaumen zu wölben, die Zunge nach hinten zu runden. Und vor allem: der Kehlkopf mit den beiden Stimmlippen sich immer weiter nach unten zu senken. Der Resonanzraum dieser Hominiden vergrößerte sich dadurch nach und nach enorm. Aus dieser Entwicklungslinie sollten sich später Wesen entwickeln, die zu einer Lautsprache fähig wurden. Bei allen anderen Hominiden blieb der Mundraum dagegen flach wie bei Tieren und erlaubte kaum feinere Differenzierungen – diese Hominiden setzten also nicht in erster Linie auf Kommunikation und starben schließlich aus. Das von mir hier gerade verwendete Wissen stammt aus dem wunderbaren Buch *So kommt der Mensch zur Sprache* von Dieter E. Zimmer. Die eigentliche menschliche Lautsprache hat sich – Dieter E. Zimmer beruft sich hier auf drei amerikanische Wissenschaftler, vor allem auf Philip Liebermann – im Zeitraum von 250000 bis 35000 Jahren entwickelt. Und diese Entwicklung fand statt, obwohl sie schwerwiegende Nachteile beim Essen, Trinken und Atmen mit sich brachte. Anatomisch hat sich dann, seit diese Entwicklung abgeschlossen war, nichts mehr geändert. Die Laute, die wir heute in der Lage sind zu erzeugen, sind etwa diejenigen, die unsere Vorfahren schon damals ähnlich gut konnten. Die Sprache, die Sprachen haben sich in den nachfolgenden 35000 Jahren dann selbstverständlich differenziert, verformt, vervollkommnet. Und die menschliche Schwarmintelligenz ruhte sich bei diesem Prozess keine Minute aus. Darum scheint mir die folgende Frage berechtigt: Warum hat uns die Schwarmintelligenz im Laufe der 35 000 Jahre keine gerechte Geschlechtersprache gebracht? Die Gründe dafür sind meiner Meinung nach relativ simpel zu erklären. Menschen, die zu langsam sprechen, lange Pausen machen oder zu umständlich formulieren, machen einen ungeduldig. Egal ob im Patriarchat oder Matriarchat. Generell lässt sich sagen: Die Sprache setzt auf Schnelligkeit, und diese hat wiederum mit den Grenzen ihrer physiologisch bedingten Erzeugung zu tun. Wir Menschen sind beim Sprechen erstaunlich flink: Sind wir doch in der Lage, zwanzig bis dreißig unterscheidbare Phoneme pro Sekunde zu erzeugen – und nicht nur zwei oder drei wie irgendein in der Steppe herumlaufender Homo erectus. Trotzdem sind wir in unseren Fähigkeiten begrenzt – anatomisch, aber auch was unsere Hirnkapazität betrifft. Um einen Satz verstehen zu können, müssen wir ihn in seiner Gesamtheit in unser Kurzzeitgedächtnis aufnehmen und dort analysieren. Dieses ist in der Lage, uns etwa sieben unverbundene oder fünfundzwanzig zu Sinngruppen verbundene Wörter etwa zehn Sekunden lang bereitzuhalten. Die Syntax wurde erst nötig, als sich die Sprache beschleunigte und mehr Elemente simultan zu verarbeiten waren. Die Syntax entwickelte sich – wen wundert's – zusammen mit der Evolution des modernen, schnellen und differenzierungsfähigen Stimmapparats. Die Grundelemente der Syntax sind also auch schon vor

35 000 Jahren zu einer ziemlichen Perfektion gebracht worden.

Wer selber schreibt – ob Literatur, Artikel oder wissenschaftliche Aufsätze – weiß, dass beim Korrigieren, also Bearbeiten einzelner Sätze, die kürzeste Variante sich immer als die beste erweist. Die Sprachen dieser Welt sind dank ihrer verworrenen Entstehungsgeschichte alles andere als logische Gebilde. Zusätzlich sind unsere Sätze voller Nuancen, die sich jeglicher Kodierung entziehen – wobei diese von Gesprächssituation zu Gesprächssituation auch noch variieren können. Und den Zauber der Sprache machen doch die unendlich vielen unsichtbaren Feinheiten aus. Zum Glück ist unsere Intelligenz ohne Weiteres in der Lage, uns die meisten der in unseren Satzgebilden egal wie blass enthaltenen Bedeutungssplitter nachzuliefern. Den eventuell inhaltsrelevanten Rest fühlen wir uns einfach zusammen. Angesichts dessen, was ich hier gerade versuche zu beschreiben, sind das, was uns die Genderistas und Genderisten heutzutage vorschlagen, erschreckend simple Holzhammerkorrekturen.

Selbstverständlich ist das alles nicht ganz falsch oder nicht unberechtigt, was von den Genderisti der diversesten Härtegrade gefordert wird. Aber vielleicht sollten wir einfach zwanzig Jahre ins Land gehen lassen und uns dann umsehen, was sich wie durchgesetzt hat. Manche behördlich-bürokratischen Auswüchse der Gendersprache sind zwar tatsächlich unverständlich, die einfachen Doppelnennungen sind dagegen – zumindest zeitökonomisch – verkraftbar. Trotzdem: Alle diese

Innovationen verstoßen aufgrund ihrer Redundanz gegen das Prinzip, das alle Sprachen in ihrer Entwicklung vorangebracht hat.

> »Man kann dann und wann sogar, über seine Materie, seinem gelehrten Vortrag auf beiden Armen liegend, gründlich gelangweilt einschlafen und beim Wiedererwachen zu seiner Verwunderung bemerken, dass man doch etwas gelernt habe zum Weitergeben an andere. Auch in dieser Hinsicht beschert es die Schwarmintelligenz den Seinen nicht selten im Traum, und es ist oft nicht das Schlechteste, was so den Lesern oder Zuhörern zufällt – und auch dem Geschichts- oder Geschichtenschreiber, falls er nur nachher eben bei seinem Niederschreiben die Augen offen und die Feder fest in der Hand behalten hat.«

Mit diesen wunderbar leichtfüßigen, nur geringfügig angepassten und mir beim Lesen sofort nahgewordenen Sätzen aus Wilhelm Raabes *Odfeld* beende ich meinen Vortrag und bedanke mich für die mir zuteilgewordene Ehre des Wilhelm Raabe-Literaturpreises.

Die Autoren

Jan Faktor, geb. 1951 in Prag, ist ein tschechischer deutschsprachiger Schriftsteller und Übersetzer. Auf seine umfangreichen biographischen Romane *Schornstein* (2005) und *Georgs Sorgen um die Vergangenheit oder Im Reich des heiligen Hodensack-Bimbams von Prag* (2010) folgte 2022 der mit dem Wilhelm Raabe-Preis ausgezeichnete Roman *Trottel.* Jan Faktor lebt in Berlin.

Paul Jandl, geb. 1962 in Wien, ist ein österreichischer Kulturjournalist und Literaturkritiker. 2005 erhielt er den Österreichischer Staatspreis für Literaturkritik. Er lebt in Berlin.

Jörg Magenau, geb. 1961 in Ludwigsburg, ist ein deutscher Autor und Literaturkritiker. Er schrieb Biographien u. a. über Martin Walser, Christa Wolf und Ernst und Friedrich Jünger. 1995 erhielt er den Alfred Kerr-Preis für Literaturkritik. Er lebt in Berlin.

Helge Malchow, geb. 1950 in Bad Freienwalde (Oder), ist ein deutscher Verleger. Er war von 2002 bis 2018 Verlagsleiter von Kiepenheuer & Witsch. Heute arbeitet er dort als editor at large. 2005 wurde er zum ›Verleger des Jahres‹ gewählt. Er lebt in Köln und Berlin.

Wiebke Porombka, geb. 1977 in Bremen, ist Literaturkritikerin und Moderatorin. Seit 2018 gehört sie zur Literaturredaktion von Deutschlandradio. Sie lebt in Berlin.

Hubert Winkels, geb. 1955 im Rheinland, war lange Redakteur beim Deutschlandfunk und arbeitete als Literaturkritiker. 2019 veröffentlichte er zusammen mit Moritz Baßler die Aufsatzsammlung *Raabe heute* im Wallstein Verlag. Er lebt in Berlin.

Das Prager Radio-Gespräch über Jan Faktors Roman *Georges Sorgen über die Vergangenheit oder Im Reich des heiligen Hosensack-Bimbams von Prag* wurde im Februar 2016 vom Moderator Pavel Janáček, der auch Direktor des Literaturinstituts an der Tschechischen Akademie der Wissenschaften ist, mit der Literaturkritikerin Jitka Nešporová und dem Literaturkritiker Vladimír Karfík geführt.